潜隐

海马诗选(1982—2022)

海马 著

江苏凤凰文艺出版社

图书在版编目（CIP）数据

潜隐：海马诗选：1982—2022 / 海马著. — 南京：江苏凤凰文艺出版社，2025.1
ISBN 978-7-5594-8103-0

Ⅰ.①潜… Ⅱ.①海… Ⅲ.①诗集－中国－当代 Ⅳ.①I227

中国国家版本馆 CIP 数据核字(2023)第 215217 号

潜隐：海马诗选（1982—2022）

海马 著

出 版 人	张在健
策 划	于奎潮
责任编辑	孙楚楚
特约编辑	王婉君
装帧设计	倪渭冰
责任印制	杨 丹
出版发行	江苏凤凰文艺出版社
	南京市中央路 165 号，邮编：210009
网 址	http://www.jswenyi.com
印 刷	苏州市越洋印刷有限公司
开 本	889 毫米×1194 毫米 1/32
印 张	10.5
字 数	200 千字
版 次	2025 年 1 月第 1 版
印 次	2025 年 1 月第 1 次印刷
书 号	ISBN 978-7-5594-8103-0
定 价	68.00 元

江苏凤凰文艺版图书凡印刷、装订错误，可向出版社调换，联系电话 025-83280257

目　录

潜隐者写作（代序） —— 001

第一辑　过伶仃洋（2010—2022）

黄河故道（组诗） —— 003
　　水月禅寺 —— 003
　　白门楼 —— 004
　　汉画像石：牛耕图 —— 006
　　季子挂剑台 —— 007
　　黄河故道 —— 008
澳门行（组诗） —— 010
　　伶仃洋 —— 010
　　澳门 —— 012
　　我从天亮走到天黑 —— 013
　　流浪者 —— 014

在蛇口码头	——	016
海上	——	017
海边墓园	——	018

大纵湖（组诗） —— 021
  重看《柳堡的故事》 —— 021
  建安七子 —— 022
  卧冰求鲤 —— 023
  群鸟 —— 026

道生一 —— 028

棉花堤及其渡口（组诗） —— 033
  棉花堤 —— 033
  渡口 —— 034
  江苇 —— 035
  江边上的钓者 —— 036
  锈蚀的铁船 —— 038

南京，南京（组诗） —— 040
  明孝陵 —— 040
  南唐二陵 —— 040
  夫子庙 —— 041

明城墙	——	042
灵谷寺	——	042
乌龙桥	——	043
太阳宫	——	045
泰山寺	——	046
莫愁湖	——	048

启蒙时代（组诗） —— 051

新大陆	——	051
荷兰纸币上的斯宾诺莎	——	052
苹果树下的牛顿	——	054
伽利略的辩护	——	056
洛克手稿	——	058
重农主义者	——	059
亚当·斯密	——	061
波尔多人孟德斯鸠的雕像	——	062
伏尔泰	——	064
巴士底	——	065
先贤祠	——	068
蓬皮杜夫人	——	069

济慈	——	072
顿悟（组诗）	——	074
微尘	——	074
山影	——	075
像一枚邪恶的钉子	——	077
佛光普照	——	079
会叫唤的长鱼	——	081
新即物主义（组诗）	——	083
一个戴草帽的女人	——	083
一个在黎明时分醒来的梦	——	084
四根香烟里的算术、几何以及哲学	——	086
病毒	——	088
黑客	——	089
一只可能并未死去的小闹钟	——	090
黑暗里的一部分	——	092
竹林七贤（组诗）	——	094
阮籍	——	094
嵇康	——	098
山涛	——	101

  向秀 —— 105

  刘伶 —— 108

  阮咸 —— 110

  王戎 —— 112

夹竹桃（组诗） —— 115

  鲈鱼 —— 115

  回音 —— 117

  夹竹桃 —— 118

  静物 —— 119

道具（组诗） —— 121

  夜行者 —— 121

  一本记忆里的书 —— 122

  道具 —— 123

  哈尔滨饺子店 —— 124

  寓言 —— 125

蛇说（组诗） —— 127

  窗下 —— 127

  小鹧鸪 —— 128

  蛇说 —— 129

马拉河上的瞪羚 —— 131
飞天 —— 132
酒狂 —— 133
旅行者 —— 134

椅子（组诗） —— 136
卡夫卡 —— 136
椅子 —— 137
佩德罗·巴拉莫 —— 138
永生者 —— 139
无题 —— 140
读《古拉格群岛》 —— 141

神像（组诗） —— 142
神像 —— 142
蕨菜 —— 143
我有一百扇窗 —— 144
挪威电影：《白色严冬》 —— 146
乌合之众 —— 147
致古米廖夫 —— 148
致阿赫玛托娃 —— 149

禁果　　—— 150
鲜花怒放（组诗）　　—— 152
　　鲜花怒放　　—— 152
　　江南三月　　—— 153
　　早春二月　　—— 155
　　强盗　　—— 157
　　读者　　—— 158
　　歌哭　　—— 160
　　这个世界还在　　—— 161
　　白色的鸟　　—— 162
它叫祥林嫂（组诗）　　—— 164
　　"海棠花儿开"　　—— 164
　　它叫祥林嫂　　—— 165
　　室内　　—— 166
罗生门（组诗）　　—— 169
　　颐和路　　—— 169
　　罗生门　　—— 170
　　窗外的风景　　—— 171
　　咒语　　—— 173

晚宴	——	175
我说（组诗）	——	177
迷墙	——	177
夜色	——	178
我说	——	180
山居：失眠者	——	181
蚂蚁	——	182
卢新华说	——	183
楔子论	——	184
风声（组诗）	——	187
风声	——	187
五月	——	188
俄罗斯套娃	——	190
日出	——	192
致屈原	——	194
喜剧演员	——	196
喜鹊登梅	——	197
魔门	——	199
在鼓浪屿	——	201

第二辑　飞行之箭及其他（2000—2009）

抽象主义（组诗） —— 205
  毒药 —— 205
  雪 —— 206
  某种飘浮或飞行之物 —— 207
  飞行之箭 —— 208
  偶像 —— 210
  《圣经》上说 —— 212
  明代女尸 —— 213
  汉语语法：关于挖土机 —— 215
  苹果树 —— 216
  长途车站 —— 217
关于一场雪的叙述（组诗） —— 219
  亚东的门 —— 219
  关于一场雪的叙述 —— 221
  隐者 —— 223
  在东郊 —— 225
情书（组诗） —— 228

情书	——	228
看法国《时装频道》	——	229
英雄	——	230
米尔卡	——	232
有关向日葵的十四行	——	233
向诗人食指致敬	——	234

第三辑　由东向西，由南向北（1990—1999）

某种飞行（组诗）	——	239
昨日之歌	——	239
纪念	——	240
祈祷	——	242
像光一样	——	243
某种飞行	——	244
致父亲（组诗）	——	246
致父亲	——	246
父亲	——	250
爱情故事（组诗）	——	252
胃病	——	252

在这样的时候 —— 253
　　无题 —— 254
　　爱情故事 —— 255
　　我们自己埋葬幸福 —— 257
　　这么多的落叶 —— 258
　　我们的房子 —— 260
皮手套（组诗） —— 262
　　寂寞有多重 —— 262
　　城市上空的鸟群 —— 263
　　皮手套 —— 266

第四辑　潜流（1982—1989）

意象和抒情的年代（组诗） —— 271
　　星星 —— 271
　　海滨城堡 —— 272
　　小春天的谣曲 —— 273
　　片断 —— 274
　　超感觉：背景 —— 275
　　诱惑 —— 277

生命意识　　——　278
　　阴天读书　　——　280
　　北极地　　——　281

素朴的或者感伤的诗（组诗）　　——　283
　　故事　　——　283
　　渔夫的故事　　——　284
　　太平洋，澳洲沉没了　　——　285
　　一个人默默坐在他的藤椅上　　——　287
　　女人集　　——　288
　　远行　　——　290
　　作品第一号　　——　291
　　县城记事　　——　293
　　速写一幅　　——　295
　　静穆　　——　296

诗歌，还是读后感？（组诗）　　——　298
　　海明威肖像　　——　298
　　风景　　——　301
　　诗人散步　　——　302
　　象征主义　　——　303

看《伦敦上空的鹰》	——	305
读蒙克的画	——	306
囚犯	——	308
克里斯蒂娜的世界	——	309
诗神博尔赫斯	——	310

后记 —— 313

潜隐者写作（代序）

海马

潜隐是一种人生方式，人生状态，人生态度。它被应用到写作上，就是一种写作方式，写作状态，写作态度。

潜隐具有双重性。一是被动的，它是对被遮蔽状态的某种描述；一是主动的，属于一种自主选择。这第二重属性，让潜隐由一种状态，变成了一种态度。

潜隐者，就是这样一群在寂寞中独自写作的人。这样的写作，不同于特殊年代所谓的"潜在写作"或"地下文学"。

潜隐者，不是文学的隐士或世外高人。他们是一群文学的"工蚁"，一群不停耕耘和劳作的人。他们并不标榜超脱、淡泊和无为。潜隐，不是故作清高，更不是乘龙术。他们只是主动沉静下来，最大可能地淡化功利之心，从事自己所热爱的写作。

他们就像古代某些民间的书法或国画高手，往往湮没在穷乡僻壤。齐白石在成名之前，就是坐在寺庙的屋檐下，卖字、卖画、卖篆刻谋生的湖南老人。

他们不为人所知，或仅在很小的范围之内，为极少的人所知晓。在互联网时代，他们不仅难以崭露头角，反而可能会被铺天盖地的平庸之作所覆盖和遮蔽。

文学的边缘化，早已是一个不争的事实。他们选择好了自己的位置，在边缘之处张弓搭箭。

他们是一群沉静且积极进取的人。他们有着自己的写作理想，或者说文学"野心"。他们想努力写出好诗来。

他们渴望更自由的、随心所欲的写作。他们不关注流派或标签。他们向一切好诗和好诗人致敬。

他们甘于寂寞。就这样，写上几年、十几年、几十年。他们是一些文学中年或老年，也可能是文学青年。

文坛过于喧闹。文坛又过于寂寞。这是喧闹者的喧闹，寂寞者的寂寞。这些，与潜隐写作者又有什么关系呢？作为一个潜隐写作者，要耐得住寂寞，追求文学的本质，写出真正好的东西。

他们看似文坛上的弱者或弱势群体，但实质上是真正的强者和强者群落。他们要为自己的时代留下文学的证明。

是的，即使名满天下，他们依然故我。他们仍会保持潜隐的状态和心态，做一个潜隐者，进行着属于自己、也属于这个时代的神圣而光荣的写作！

2024.11.28

第一辑 过伶仃洋(2010—2022)

黄河故道（组诗）

水月禅寺

水是有的，在某些晚上
月也是有的
禅自有玄机，它既可见
又不可见
据说，它们习惯潜隐于那些
日常的事物和动作之上
而寺，它就矗立在那里了
别具一格
佛陀、菩萨、天王、罗汉
却并无不同
在寺的拐角处或水塘前
你不会碰上貂婵了

她正藏身于深深的禅室

敲木鱼，焚香，念经

她不看水，不看花，不看飞鸟

也不拜月

她偶尔还会想起王允、董卓、吕布、曹操

当年的那些个男人

但压根儿不再看天上或水里那轮

曾经熟识的月亮

白门楼

锣鼓响起，白门楼上的英雄们

一起登场

生、旦、净、末、丑

白脸曹操，红脸关公，黑脸张飞

刘备、陈宫、张辽、宋宪、魏续一干人等

还有那跑龙套的甲乙丙丁

他们，或坐、或站、或走

刀斧手拥吕奉先上

这小子被捆扎成端午节的粽子

曹操一出口就是千古名言：

"缚虎不得不急"

几天前，吕布还坐在曹丞相的那把椅子上

与貂婵一起喝酒、唱歌

如今丢失了美人、赤兔马和画戟

兵陷了下邳城

一夜之间，吕布成了一个破产的股民

还不肯跳楼

忠厚人刘玄德似乎早已忘记

辕门射戟的历史典故

他宁可回家卖草鞋

也不肯卖情面

一阵梆子急急响起

吕布身首异处

幕落，音乐声再起——

苍茫的背景下，马车奔驰在去往许都的官路上

载着布妻、布女、貂婵

还有吕家的财产

汉画像石：牛耕图

一个穿汉服的男人
扶犁扬鞭，正在耕地
他的犁与历史博物馆里的犁
一模一样
他的两头牛正当壮年
他的右后方，是他的妻子或女儿
拎着水壶或者他的午餐
他的上方，田埂的那一边
生长着正在红熟的高粱
是啊
睢河里的水，可以种黍
泗水里的水，灌溉水稻
沂河里的水，正好浇菜
那个年月，黄河还在不远处的北方
黄河还没有来

季子挂剑台

他们都是古代的人
我是说吴国的季子与
徐国的徐君
他们都是古代的贵族
可以带佩剑的那些人们
他们讲究贵族的礼节
以及荣誉
那把剑确是把好剑
可惜，墓地上的那棵树还不甚高大
但枝干还算结实
正好挂上剑
现如今，如果剑绳未断
那剑兴许还挂在最粗的那根枝上
如果那棵树还在
没有地震、山洪，也没被
狂风吹折和雷劈
一定已十二分地繁茂

且又生出了无数的小树

有月亮的那些晚上

那位徐君会从墓床里悄然起身

抚剑而叹

黄河故道

夕日的黄河,早已不会咆哮

它平静如水

如海岬环抱的海湾

如乡间的小河

如不算太大的湖泊

黄河不期而至

黄河不辞而别

母亲一般的黄河有着父亲一样的

暴虐和任性

更兼兵荒马乱,黄河变成了一件兵器

或战术、战略的一部分

黄河来了,黄河走了

留下两岸的村庄

留下田园里的沙土，适宜种植
果树、西瓜、小麦和高粱
留下这河道里的芦苇、菖蒲和
移民而来的鸢尾花
"关关雎鸠，在河之洲"
在高远的天空和密匝的芦苇、菖蒲丛里
常有水鸟们的身影和鸣叫
昔日，河岸、洲、屿之上的采桑女
早已是白发老妪
所谓淑女
她们乘着木船、马车或轿子
星夜兼程，去了远处或近处的
那些城池

2021.5.17

澳门行（组诗）

伶仃洋

左边是海，右边也是海

这说的是澳门

不是伶仃洋

从珠江口走出来一些

在香港和澳门之间

那一片与南海连接在一起的水

叫作伶仃洋

哦，伶仃洋

比海更广阔的是洋，是它的耻辱和忧伤

还有那个在此叹息的人

名字被写在了水上

（当然，也包括那一声叹息

短促或者悠长）

"伶仃洋里叹伶仃"

它像一首歌谣

在海浪、鱼和贝壳的唇齿之间

反复吟唱

那个固执而倔强的读书人或官人

那个亡命天涯的人

那个反抗而不肯随顺的人

他的船曾像犁铧一样

耕种过伶仃洋

而他洒落的种子，仅是那首诗歌，那声叹息

以及无尽的忧伤

古老的伶仃洋，它的经历肯定还有更多

但我只记住了

那一声叹息

2013.8.9

澳门

我知道,澳门就在对面

在黑暗的大海上
它正明亮而喧闹,使用一个成语
灯红酒绿
再使用一个成语,车水马龙
它在夜里是不睡眠的,白天也不
一部分人睡下去后
另一部分人正在起床
澳门,像古希腊那个双眼轮流睁着的巨人
它总是醒着

现在,我有时走近它,触摸它
有时,又在远处打量
就好像是在博物馆里看一幅古老而昂贵的油画
它出于名家之手,并被收藏和流传
是的,它的画框有些老旧

但木质坚固，造型精致
而且，它的题材仅是一则传说，并不知名

一些古老的游戏和贸易
在这里被装饰得如此富丽堂皇
和丰富多彩

关于澳门，我还知道些什么——

我还知道，它以陆地、海洋、河流、桥以及粤语的方式
与珠海、广东和整个中国，紧密地
连接在一起

2013.8.18

我从天亮走到天黑

我从天亮走到天黑，当然
我不是说，从早晨开始，一直走到傍晚

我只是从傍晚，天还亮着的时候

走到了华灯初上

那些灯光以及树荫下的阴影告诉我

天已经黑了

我已经从天亮走到了天黑

2013.8.22

流浪者

夹竹桃与榆树、榕树们

生活在一起

在一条小河边

（据说，它一直向南

通向大海）

在河边的石头栏杆下

一个流浪汉也许已经睡熟

现在，他跟它们在一起

他一动不动

好像连一个呼噜也没有

这里有不会行走的那些事物

比如，夹竹桃、榆树、榕树、马路

堤岸、木椅和石头栏杆

而会行走的除了河流

还有那个流浪汉

（此时，他处于静止状态

就像牛脚坑里的一洼积水）

是的，流浪汉具有水的性质

比如说，有时流动，有时静止

但他永远也不是河流

他只能是一些不知所自的水

总是迷茫而不定

没有河道，也没有方向

就像此时此刻，处于静止状态的他

他甚至不会抬起头

看一眼，夹竹桃、榆树和榕树的枝叶间

正在发光的月亮

是的，它会像河流一样流动

又像池塘里的水一样宁静

或静止

就像此刻,它把一些零碎的月光

像水一样洒落在流浪汉的破衣服、旧行囊

乱蓬蓬的头发、胡须以及

黑色的脸上

2013.10.13

在蛇口码头

每个人都有自己的方向

一只蚂蚁也会有

除了正在行进之中的那些寻找

犹豫和彷徨

蚂蚁有,鱼有,鸟有,飞蛾有

狗有,猫有,蛇有

老虎、花豹、狐狸也有

除了饱食之后的徜徉

每个人都有自己的方向
还有自己的方式
比如，轮船，汽车，火车，飞机
而它们也有自己的方向
不是仅供凭借的手段或者方式
比如某号船，我此次凭借的方式之一
此刻，它的方向
从深圳到珠海

2013.11.30

海上

海上的风，有些大了
它吹乱了你的头发
一个虚拟的你，站在
我的身旁
我们站在海堤上，看海
看那些出海的人，归来的人，以及

还在海上的人
我们还不想出海
也不是刚刚归来的人
我闻到了你身上的气息，大陆的，家的
而我的身上，有一个狂乱的草原
有风暴席卷而过
它来自海上，一个遥远的、虚拟的大海
像你一样
它正在集聚所有经过此地的风、水、云
和沙子

2014.1.27

海边墓园

一个半岛和几个小岛，还有
一些小山
那些最初的岛民，可能来自陆地
也可能来自更远的大海

此刻，他们正在沉睡

不知道早已天亮

该出海打鱼，该赶集了

该去看某个长辈

或者姑娘

可他们不知道天亮和黄昏的差别

已有很多个年头，或者很久

他们的家居，造型奇特

有的像一朵莲花

有的像一把圈椅

有的像一只摇篮

而方向呢，则是面朝远处的大海

其实，他们早已醒来

他们从未入睡

他们坐着，站着，或者无声地行走

他们只用手语彼此交谈

从不发出一点儿声音

即使没有围墙

他们也不会走出这片墓园

他们多像一群幼儿园的孩子，听话而安静

一直在等待老师或家长
他们像墓园里的花朵,甜蜜而安详
即使面朝大海
也很少抬头远望

2014.1.27

大纵湖（组诗）

重看《柳堡的故事》

我认识那些村庄、田野和河流
它们出现在哪里，有没有名字
一点也不重要
我还认识那些麦子、水稻、木桥、水挑
茅屋、风车、木船和芦苇
那些春天的暖风
以及麦收季节布谷鸟的叫声
一切都似曾相识
它们曾经是我童年的一部分
而那样的爱情
我只能说，他们是多么幸运
在年轻人跳上甲板的一瞬

我的耳畔立即鼓乐喧天

还伴有那激昂而热闹的唢呐之声

所有的悲伤、无奈、纠结都随着河水

东流而去

我曾希望他们死了一个或者两个

或者彼此活在某处,此生

不再相见

建安七子

东汉,建安年间

生逢末世

一个兵荒马乱的年代

文人们如何生存,这是一个问题

富贵并不如浮云

每天的日子都是实实在在的

柴米油盐,衣食住行

还有诗酒歌赋

怀瑾握瑜、胸藏猛虎者

也不免死于乱军、阴谋、疾疫和饥馑之中

他们算是幸运的
青史留名
有幸成为黑暗年代里那点微弱的光亮
即使有人名动天下
却枉送了自己和妻儿的脑袋
有人"立德垂功名"
一篇檄文竟治好权谋者的脑疾
还有人后辈儿孙成了
旷世闻名的酒徒
……
而更多的湮没者
他们化作了一摞摞古书之上的那些
微尘、污迹和血渍

卧冰求鲤

大纵湖里的鲤鱼，自有一番孝心
心存仁义

穷人王祥，有破洞的口袋里

存不住一文铜钱

他没钱买鱼

为生病的老母熬一碗鱼汤

大纵湖上冰冻三尺

北风正紧

于是,他即兴导演一幕情景短剧:

《卧冰求鲤》

其实,他想要的只是鱼

鲈鱼、鲢鱼、青鱼、鲫鱼、乌鱼、泥鳅

哪怕是几只虾子

都未尝不可

不过,大纵湖只有鲤鱼最讲情义

它们挺身而出

干宝先生在《搜神记》里明确记载

破冰而出的并非别的鱼类

恰恰是两条鲤鱼

它们可能是一对夫妻

也可能是父女、母子、兄弟或姐妹

它们是金色的,还是红色的

语焉不详

没有文字记载

它们只是故事的配角

似乎不值得过多描写或渲染

只是我们常疑点重重

这出短剧的主角是穷人王祥

不是金色或红色的鲤鱼

那纵身一跃

与解下棉袄、躺在冰上相比

哪个更艰难

《二十四孝图》主题先行

从不关心这些问题

如今的大纵湖，还会结冰吗？

如果结

能否承受一位孝子的肉身？

而在水的深处

是否还有这么一群有德性和佛性的鲤鱼

或者别的鱼

两条，或者一条

就行

群鸟

鸿雁、丹顶鹤、灰鹤、白天鹅、斑头雁

白琵鹭、黑翅鸢、红隼、罗纹鸭、小鹛鹩

夜鹭，还有"鸟中活化石"之称的

震旦鸦雀

这些鸟类里的贵族或精英

榜上有名，兼及声名显赫

不过，在大纵湖的群鸟里

我最喜欢的是这只小小的柴雀

停留在一根已经枯萎的

芦苇上

它是众多家雀里的一只

它谁也不代表

只是偶尔飞累了，在这根芦苇上歇一会儿

湖面太宽广了，它一口气怎么也飞不过去

就像一个挑担的人

放下他肩上的扁担和重物

在路边小憩

鸿雁总要高飞，白天鹅和黑天鹅像船一样

在湖面上游弋

丹顶鹤，圣洁如隐者

没有一根芦苇可以承受它们

哪怕它们中的任何一只

它们有时栖在水面，有时飞翔

这些善飞者，可以在一天内飞越众多的

高山、大河和湖泊

但它们选择留在物产丰富的大纵湖

在此定居

就像这只飞不高，飞不快，也飞不远的柴雀

作为一名土著

它灰褐的羽毛与枯苇同色

它们都是这样

2022.12.30—2023.1.21

道生一

1

一列火车正从窗玻璃上开过去
它缓慢而过,仿佛怕碾碎了一些什么
或者它快要到站了
它还有声音,空,空,空
这是车轮与钢轨之间发出的声音
这是一扇打开的窗
因此,在它的里面
除了这列火车,还有一些棕榈树、花和房子
后来,火车开过去了
(再长,再慢的火车
它也是要过去的)
后来,还有一个人的影子正在行走

它几乎是一闪而过

现在,窗玻璃上只剩下了那些静止的事物

棕榈树、花和房子

它们都在等待,等待下一列火车

或者另一个人

2

一只狼的忧伤和唯美,从来就没人能

明白

(它的哭泣,或者长嗥,也是的)

这些啊,与树杈间的月亮

以及落叶

无关

3

一只猎豹的奔跑,身段优美,但并非正在表演或者参加

一场比赛

它仅是在追击,或逃跑——

一条命,正在追击

另一条命

4

一条水蛇,和一只青蛙
在一个黄昏时的
偶遇
一个的机遇,与另一个的厄运
在此刻重叠,像一个影子
与另一个影子
它们重叠
一切不可言说
也不宜评论
请保持沉默。嘘!
——就像在看一部正剧

5

抽屉里的一名鬼,正在哭泣
她弄丢了自己的一只手套
现在,应该怎么办呢

她有两只手，却只有

一只手套

另外，她有一双皮鞋

（一只左脚，一只右脚）

却只有一条腿

现在，她应该怎么办呢

除了哭泣，她没有别的办法

不过，她有一个脑袋

却有三顶帽子

一顶白的，一顶黑的，一顶红的

每天，她都在犹豫

今天应该戴哪一顶

6

小时候，我看到雪地里的一只兔子

它蹦蹦跳跳，正在努力向前奔跑

它肯定不是在逃跑

四野寂静，没有猎人，连半个人影也没有

它像一个瘸腿的人

奔跑得如此艰难，随时停下脚步，直起身子
四处谛听
它可能有着自己的目标，也许
全无目标
饥饿让人疯狂，失去了最后的理性
我的陶罐里，填满了花生和糖果
我家的厨房里，堆着青菜和胡萝卜
但它不会接受我的施舍
它就这样一路艰难地奔跑、谛听
方向如此坚定、随意
在它的身后，白色的雪地里
留下了一串黑色的脚印
像是冰冷的锁链
又像田野里随意开放的无名花朵
没有香味和甜蜜

2013.8.20—2018.1.25

棉花堤及其渡口（组诗）

棉花堤

白的，柔软的

这是棉花
不是棉花堤

棉花堤
它由石头、江沙和红土构成

它，坚硬如铁
对于它
江水仿佛棉花，温柔，驯良

棉花堤

在我的车轮之下

像风中的白杨叶,沙沙作响

它坚硬,宽广

而且绵长

在这个时候

棉花堤仅是一条结实的大路

2010.11.1

渡口

算不上是废墟吧

它仅仅是被废弃了一些时间

失去了多年的功用

它还不至过于荒凉

仍旧保持着一个渡口的模样

一条铁船被锚定在岸的近处

慢慢地生锈，做梦，昏迷，直至最后死亡

岸边的芦苇、柳树以及野草们

（夏天，江里涨水的时候

它们就沉入水里）

还像从前一般在生长

它们不骄不躁，不急不缓

从不疯狂，也从未懈怠

夹江里，还有过往的江船打这里经过

还有钓鱼人

站在废弃的铁船或者渡口的石阶上

他们在钓鱼、钓风、钓水草、钓朝霞

钓夕阳，以及其他一些

无形或抽象的事物

2013.9.18

江苇

它的叶片和枝干

瘦,长

就像它们置身其中的那条大江,长江

但它们并不流动

它们跟长江的河道和河堤一样

流动的是水

而颤动的枝和叶

也不会随风飞去

会飞的是初秋的芦花

它们像是雪花,或者飞虫

它们能飞,也很愿意飞

它们没有方向

或者说,各有方向

2013.9.18

江边上的钓者

他们像渡口的台阶、石头或者栏杆

以静止为主

如何描写一个钓者

这有些难，一个钓者嘛

他就像另一个钓者

也像所有的钓者

他们有着极好的耐心

和自制力

他们悠闲如缠绕在柳枝上的小风

又像无风时的江水一样平静

即使无鱼咬钩

即使钓不着一条鱼

钓者也还是钓者

不怨，不怒，不嗔

斗笠或者草帽下的脸孔

一如以往

2013.9.18

锈蚀的铁船

它是一条即将死去的船

垂死，或者已经死去

它已不能航行

像江流上的一块血痂

与江水和江底的泥沙

锈蚀在一起

一时半会儿，自然也不会脱落

这是它们之间的关系

它正在生锈

或者，它早已生锈

这是自然的

没有水手再来擦洗或者打磨

而它，偶尔做梦

更多的时候它大睁着眼睛，醒着

它还记得它的初航

以及后来的那些航行

它多像一个上了年纪的老人

坐在家门前的藤椅上
半梦半醒，时梦时醒
但就是一点也不动弹

2013.9.18

南京,南京(组诗)

明孝陵

那个凤阳来的小伙子
会不会唱花鼓,或者捻动佛珠
念《金刚经》

但草丛里的那些小虫
它们会

南唐二陵

会写诗的皇帝,与会当皇帝的诗人——

这比一个乡下女人
长着柿饼脸,腰肢曼妙

还难吗

一个诗人兼职当皇帝,或一个皇帝
业余当诗人——
这一点也不稀罕

在一千年前,这里就悄悄地种下去了
两枚

夫子庙

文庙与青楼为邻

屠夫的隔壁,住着一名和尚
这有什么稀奇的
我杀我的猪羊,你念你的佛经

餐厅的旁边,是厕所

青楼里也有爱情,走出了女中豪杰

就像文庙里香客变成了奸臣

这些，不只是戏文里的传说或故事

明城墙

这里的城砖上，有文字
清晰的，或者模糊、湮灭了的汉字

这里的城砖上，还有指纹、汗、泪、血
吴越人的指纹
南唐人的泪
太平天国和民国时的血

它们藏在青色的城砖里
像是它们的基因
或魂灵

灵谷寺

那块阴森的石壁上

刻满了名字
革命功臣，在辛亥革命的战争中牺牲
他们曾经都是一些鲜活的生命
能吃饭，会唱歌，打枪，跳跃，恋爱

因为没有故事，那些名字
就仅是一些汉字，它们排列在一起
才具有了意义

让我想起《水浒传》，那块有碣文的石碑
带着名字
因为有故事，他们流传千年

乌龙桥

乌龙桥是一座真实的桥
石质，此间不多见的大青石
它们在乌龙潭之上
不声不响
桥栏上，雕有游龙、云彩、花朵以及

其他古老的纹饰

也有一些文字

在一旁注解着它的历史

据说,此地曾有黑龙降临

四条黑龙像四个孩子,在水中嬉戏

乌龙潭由此得名

时间大概是晋朝

这里先后住过一些名人

诸葛亮、颜真卿、曹雪芹、袁枚,等等

不过,很早的时候大概并无乌龙桥

它们始建于何年,无人知晓

此次重修却记载分明:1988年

如今,在南京也算得一景

(它们有一个杀气腾腾的大名

叫作锁龙桥。

泉眼枯,潭水浊,

小龙高飞在九天)

少许寂寞,几分冷清

这些为镇压而建造的桥啊

让我们想起了那座砖木结构的雷峰塔
如何禁锢女妖的爱情

2013.5.11

太阳宫

水能生木，亦能载木
上清河里的水三生有幸
流入了长江
而成排的树木却又沿着滚滚江水
流入了上清河
于是，在上清河与长江交汇处
形成了木材的集散地
如同远方的候鸟
商贾在此云集
金克木，木生火
这里斧头和锯子齐下
改造着树的形态

火神祝融的庙宇就此建下
不是祈火
而是希望水火太平
一万次祈祷，一万次有效
只有第一万零一次会失灵
大火突至
长江水和上清河的水加在一起
也无法扑灭
一切夷为平地
于是，空余其名：
太阳宫

泰山寺

是的，也是真的
泰山寺
我亲眼所见
（高大的庙宇，黄色的围墙
还有金色的楷体大字）
它在一条喧闹、破旧、脏乱的马路旁

在那里

卖菜人、行路人、小摊贩和他们的小摊

汽车、自行车、手推车

绞成一根杂色的草绳子或布绳子

泰山寺庄严而肃穆

在它的里面

香烟缭绕

佛像庄严

钟声嘹亮

一定不为门外或者说世俗世界里的

吵闹和混乱所动

在泰山寺旁

有一个叫泰山新村的地方

与它有关

还有几座小山丘

也不知道它们的名姓

其中的某一座

或许就叫泰山

2013.6.6

莫愁湖

关于莫愁女的传说，一共有五个版本

正如所愿

她们中的每一个

都十分美丽

楚国的莫愁年代最早，且多才多艺

作为宫廷艺术家

能歌善舞

她认识屈原、宋玉、景差等名人

改编和演出了《阳春白雪》和《下里巴人》

后为情所困，投江自杀

不知所终

鄄州的莫愁

也有艺术天赋

洛阳的莫愁，则是一个巧手而勤劳的农家女

会织布，能采桑，十五岁嫁人

没有故事

据说，南京的莫愁

最有故事，曲折、动人、凄美

一个逃亡的罪臣之女沦落为

王府里的烧火丫头

王子却爱上了她

于是，罪与罚

政治与家族，阴谋与爱情

在此上演

这多像欧洲古典主义时期的戏剧

只是缺少一位明智、勇武而善良的国王

施以援手，拯救和赦免

在剧终时，有一个大团圆的结尾：

有情人终成眷属

故事的背景是明代的中国

一切无法穿越

莫愁把自己的眼睛给王子做了药引

并投湖自杀

王子步其后尘

这是又一个殉情的故事

有似双双化蝶的梁祝——

汉中门和秦淮河西

那个他们双双跳下去的大水塘

如今，叫作莫愁湖

2017.9.1

2021.11.28 改定

启蒙时代（组诗）

新大陆

在哥伦布还没出生前
新大陆，它就在那里
像一枚掉落在灌木丛里的金纽扣
哥伦布
一个皮鞋绽了线的水手或海盗
他四处逛荡，寻找针线
却找到了这颗金纽扣
它很安静
并不发出光芒
这是一个意外和错误
却并不荒诞
因为这颗金纽扣

哥伦布的胸前缀满了勋章

口袋里装满了烟草

黄金和宝石

他还被刻铸成了许多大理石以及铜的雕像

在世界各地的港口和街道

坐着,或者站着

大家都知道

由于一个意外

哥伦布——

一个水手或者海盗

他变成了

做下不朽事业的英雄

2013.3.3

荷兰纸币上的斯宾诺莎

他被印在纸币上

他是一个哲学家

不是国王

也不是贵族

不是政治家、革命者和官员

斯宾诺莎

一个唯物主义和无神论者

他被印在纸币上

既不微笑

也不高傲

他只有平静、淡漠以及超然

一个犹太外贸商的儿子

一个以打磨镜片为生的人

他被印在一张绿色的荷兰纸币上

它的面值是

1000盾

这一点儿也不重要

重要的是,一个叫斯宾诺莎的哲学家

他如何就被印在了

一张纸币上

而且是荷兰

一个欧洲的海滨国家

港口里停满了货船

（它们有的正在归来，有的即将离去）

堤岸上，旋转着风车

郁金香遍地开放

2013.3.7

苹果树下的牛顿

曾经在苹果树下的

不只有牛顿

在苹果树下

还有更多的人

他们坐着，或者站着

在遥远的古代，或者现在

还有一些人

正朝着苹果树的方向走来

他们可能步行

也可能坐着马车

苹果树有它自己的四季

它掉光了叶子

它正在开花

或者缀满绿色和红色的果子

它像太阳系一样

有着属于自己的运行和生长规则

现在,苹果树上的一只果子

因为微风

或者某只鸟的翅膀

它开始向下坠落

而此时,英国林肯郡的公民牛顿

正坐在树下

看书或者歇息

2013.3.8

伽利略的辩护

在宗教裁判所的法庭上
你表示了悔过
你说
地球它不在动
作为宇宙的中心
它从来不动
当然,《圣经》上也是这样写着的
于是,你被释放回家
你说
"无论如何,地球还在转动着"
你是这么说的
你一直就是这么说的
但那一天你胆怯地收回你的说法
在罗马广场上
烧死布鲁诺的火刑柱
还保持着温热
这是意大利

不是英国，不是荷兰

也不是路易十四之前或之后的法国

在那里，有宗教改革

和最初的宽容，当然

还有《容忍法案》和《南特赦令》

你最初的辩护注定是微弱的

（这是为了自己，也为了科学）

微弱得像是

一些含混不清的嗫嚅

你，低下的头

以及高贵的心

如何让一些21世纪的心灵

有着火烧一般的灼痛

在17世纪的一个中午

你的身上，被投射下无数的斑点

它们是一些阳光

以及更多的暗影

仿佛站在一棵巨大的树下

你脚下的大地

正在震动

和旋转

而你头顶的树冠之上

太阳就像着了火

它疯狂而热烈地

燃烧着

2013.3.8

洛克手稿

它是一张纸

大概是用中国方法制造

它很破旧

有灰色的斑渍、裂纹以及破洞

它被一些英国的虫子咬噬

或者,被萨默塞特郡的雨水和雾浸泡

反正,它就是一张旧纸

在这张破旧的纸上面

书写着：

自由主义

以及天赋人权

这些字眼就像天空里的那些星星

即使在最黑暗的夜晚

它们依然明亮

经验主义者洛克

他的思想影响了法国启蒙运动

以及1789年革命

据说，18世纪的美利坚人

也把他的思想

奉为神圣

2013.3.8

重农主义者

就像中国绍兴城的鲁迅

法国宫廷御医魁奈

他要为社会和经济诊治疾病

而重农主义

就是他开出的药方

路易十五不怪他多管闲事

保留了他的职务、协会和杂志

王恩浩荡

重农主义者是经济领域的

烧炭党人

他们关注的其实不是法国的小麦、玉米

以及鸡、鸭、牛、羊

它们的种植或者养殖

以及它们的价格

在重农主义者的眼里

这一切并不重要

他们信仰自然秩序

主张经济自由

重农主义者魁奈、西斯蒙第、杜尔哥

怀里揣着数据和图表

他们大声呼吁：

"自由放任，各行其是。"

他们终于走上了神龛

成为古典经济学

以及经济自由主义的始祖

2013.3.8

亚当·斯密

《道德情操论》和《国富论》的作者

自由主义与个人主义的鼓手

古典政治经济学的创始人

你的"看不见的手"

在大家看起来

却是如此有形、清晰和亲切

亚当·斯密

律师、军法官和海关监督的儿子

外公是法夫郡的大地主

他用经济学的方法

厘定了人性与商业

个人与政府的关系

这位格拉斯哥大学的校长

独身者

在墓碑的一块石头上

留下他的肖像

以及简单的签名

2013.3.8

波尔多人孟德斯鸠的雕像

波尔多人

孟德斯鸠

他是个贵族

坐在大理石的椅子上

他是一尊雕塑

本来嘛,他就是

用阿尔卑斯山上的大理石

雕刻而成
不过，此时的他
还是更像一个富有贵族气质的
诗人和哲学家
即使喝了太多波尔多庄园里的
葡萄酒
他也不会产生酒神的激情
他冷峻地看着人间
他只有冷峻、理性以及法的精神
哪怕他心中充满了爱和温柔
他也只能这样
波尔多人孟德斯鸠
他仅用哲学或法律的语言
表达自己
高贵、优美和温和的见解

2013.3.8

伏尔泰

据说，他对中国和中国人
有一些纯属个人的兴趣
因为喜欢儒家
他就此认定中国是一个
理性国家
这个巴士底的囚徒
一个俏皮、尖刻的反抗者
和讽刺者
"笑，可以战胜一切。
这是最有力的武器。"
伏氏如是说
不过，他也有不幽默的时候
"消灭败类""铲除丑行"
他站在巴黎的大街上
或者坐在私人咖啡馆里
高声大叫
据说，他在晚年的时候

回到了阔别二十八年的巴黎

巴黎人向这个放逐者

欢呼并脱帽致敬

那样的礼遇，隆重得

超过了国王

就在这样的欢呼声中

他穿着哲学家的装束

走进了先贤祠

从此，伏尔泰

不再在法国边境地区或者国外隐匿

没有迫害

也不再需要逃亡

2013.3.9

巴士底

巴士底建于 14 世纪

它是闻名欧洲的

要塞以及堡垒

后来

它由石头的城堡变身为

石头的牢狱

它配有塔楼、城墙、重炮、毛瑟枪

深及八米的壕沟以及吊桥

可以说,它固若金汤,牢不可破

正可以用它来禁锢那些

快乐的肉体、自由的思想以及高贵的心灵

比如萨德、伏尔泰,等等

如果用它来关押小偷、杀人犯和流氓

那有些太过奢侈

所有那些属于天堂的人和事物

只有放进巴士底

妥为收藏

(很久以后,它真的就变为博物馆)

像这样的地方

可能不应该有太多

不需要

因为美好和神圣的事物总是很少的
免得浪费
不过，即使在上帝的国度里
也有反抗、叛逆和异端
在这个世界上
还有多少个巴士底
像烂不掉的树根
埋藏在黑暗大地的深处
它们既不是城堡
也不是博物馆
1789年，巴黎人民的呐喊和枪炮
也没有让巴士底崩塌
它只是被攻陷，打破了城门
是的，它太坚固了
数百年来的风雨、海啸以及地震
也对它无奈
然后，它被暂时改变了一下用途
存放当时世界上最为邪恶的事物
教士、国王和贵族

后来，也寄存过罗伯斯庇尔和丹东
巴士底
它在巴黎的东郊
现在，还在那里

2013.3.9

先贤祠

住在先贤祠里的人们
是自己走进去的
还是人们抬着进去的
这是一个问题
在巴黎
房价很高
而门又有些狭窄
这是另外的两个问题
我们看着
伏尔泰、卢梭、雨果、爱弥尔、左拉

柏辽兹、大仲马、居里夫妇

他们坐在先贤祠里喝咖啡

谈笑风生

哪怕活着的时候

他们可能彼此是敌人

先贤祠

又叫万神庙

新古典主义的建筑风格

山墙上，浮雕里的法国女神

正为伟人们佩戴桂冠

它与宗教也有着

若即若离的关系

这是另一个问题

2013.3.9

蓬皮杜夫人

也许，这样的身份是不名誉的

一个情妇

当然,她是国王的

(这是中国人的立场和看法)

在法国

没有众多的妃嫔和贵人

即使尊贵为一国之主

也需要像贵族和平民一样

自行去追逐女人

这就像骑上马

拿起弓箭和长矛

去作战或者打猎

当然,这里也包含征服、捕捉和俘获

浪漫、骄傲和激情

就像中世纪骑士们的爱情

而这样去做的,也可能是一个女人

伟大的女战士或者女猎手

比如,蓬皮杜夫人

在优秀的女人中间

她要更为优秀

拥有美丽、安静和优雅

还有思想和智慧

还有爱

以及对天才、美丽事物的热爱和怜惜

她是一些名词和形容词的集合

高贵、性感、自由

华丽、娇媚、精巧、纤弱、温柔

就像著名的洛可可艺术

她是诗、哲学和艺术

她是蓬皮杜夫人

一个不一般的法国女人

她征服了路易十五、法国以及

一个更为漫长的时代

据说,她最热爱蔷薇

以及蔷薇色

2013.3.9

济慈

"这里躺的是

一个姓名写在水上的人"

他是济慈

一个英国诗人,死于二十六岁

与中国诗人李贺同年

后者,在中国文学史和传说中

被称为"诗鬼"

他甚至比拜伦和雪莱活得更短

没有什么比天才的逝去

再让人伤感的了

他们像流星雨一样

从人类和历史的天空上匆匆掠过

不过,在夏日里那些闷热的中午

在轰隆隆的雷声中

他们用最亮的那几道闪电

把自己的名字和思想

像石头一样书写在

天空之上

2013.3.9

顿悟(组诗)

微尘

在人间世,我们仅是微尘
(也就是"微小的尘土",小得
也许无法再分
我们就像所有世间的微尘们
与它们共名、共处、共生,无足轻重
且与世无争)
在很多时候,我多么安静和安宁
一动也不动
在一本书上,在一张旧书桌上,在一片树叶上
我可以酣睡一千年
但你有所不知——
我没有腿,却习惯奔跑

我没有翅膀,却热爱飞行

我还有一颗比微尘更小的心

它小得不可见,近于虚无

(这也像另一种黑暗的形式,伸手不见五指)

却装着眼睛里和身体之外的更多微尘

它们以某种方式构成那看得见的

和看不见的世界

它有欢喜、悲伤和疼痛

我告诉你:

一粒不值一提的微尘,也有这些

你所有的一切

佛说:

我看见你,你有比微尘更细小的腿

和翅膀

但你的心,比这个世界还大

且总在疼痛

山影

远处的山,有时清晰

有时模糊。或者

影影绰绰

或者,干脆什么也看不见

这多像我们的掌纹

有时纹理清晰,有时

模糊不清

有时什么也看不见

比如,在比墨汁或黑漆更黑的黑夜

(伸手不见五指,不见掌纹,不见手)

远处的山,它们

在大江的对面

江水奔流,不舍昼夜

向前,向后,奔流,回溯,旋转,它每天都有

数不尽的漩涡

以及暗流

你却听不到任何水声

(这么条大河如此安静,不吵,也不闹

比不上一群麻雀

或一只麻雀)

上行或者下行的船,多得
难以计数
它们的忙碌,有如水下
那些按季节洄游的鱼群
却没有一条船,选择另一种方向
横渡,渡我

去到彼岸,看那山里
不停更迭的
风景

——我佛不语

像一枚邪恶的钉子

像一枚钉子
(铁的,或者木头的)
然后,有一把不怀好意的锤子

(同样，它是铁的或者木头的)

把它深深地敲进木头、石头和另一块铁里

(或者肉里)

然后，在那里面慢慢地

生锈或者腐烂

(如果运气不好，它会

变弯或者折断

那又如何)

或者，它不是一枚钉子，而是一根带毒的刺

蜜蜂的刺或蝎子的刺

或者，它也不是一枚钉子

而是一枚锋利的尖牙

毒蛇的牙，狼的牙，蜥蜴的牙

带着像火一样通红而灼烈的毒汁

它们同样需要一些动作，切入或刺进

并习惯毫不留情地对那些

有撕心裂肺般疼感的肉

下口

它们也会是古代小说或生活里

那从暗处射出的箭镞、深藏在靴子里的匕首
或宽大袖口里的飞镖
(某种阴毒暗器里的一种,也可能是飞针)
它们同样带着世上稀有的毒汁
而解药却世上稀有
且深藏在某个旷世好人或
坏蛋的衣兜里
或者,像一杯看似美味的毒酒
或一只带毒的苹果
……
可我,多想做一枚善良的钉子
益世助人,或者无所事事地
躺在一只抽屉里
可以吗

佛光普照

鸟鸣像是指缝漏出的一些光,它们随着
黎明一起来到人间
阳光有着鸟鸣的性质,作为黎明或者早晨的

一应必备之物

是的，先是鸟鸣像四月清凉的山泉水

充溢了我的耳朵

和心灵

然后，就是那些阳光

它们照在高处的房子之上，和低处的房子之上

它们照在绿色的树上，平坦的道路之上

它们照着那些红色的屋瓦以及

白色的墙壁

照着行驶的汽车以及四处走动着的行人

此时，你如果看到了大地上和墙壁之上的阴影

那就一定会看到在阴影的另一面

有着更多的阳光

我说，这是一个隐喻

它们象征着普照天地之间、普照万物以及

一切心灵的光

佛说：

它们就是我的光

会叫唤的长鱼

像旱蛞一样,它们会叫唤
(因为疼痛,还是快乐
不得而知)

它们被尖刀剖开了胸腹,并掏空了内脏
竟然还能游动
彼此纠缠
它们身体之上的血,难分彼此
杀戮者,习惯于毫无怜悯
在善良和金钱之间
他们的观点是
金钱更值得尊敬一些
而雇佣者的想法
与此相反

在乡下,它们是具备神圣价值的祭品和贡品
而此时,它们的功能

更为世俗

它们会变成红烧鳝段、爆炒鳝丝
或者其他香艳的菜名
而我的烹饪法,远为简单和粗俗
这有些对不起它们,对不起它们的全部
疼痛和牺牲

一个食肉者是可耻的
也许,并不见得渺小或者
卑鄙

2016.4—2016.6

新即物主义(组诗)

一个戴草帽的女人

一个戴草帽的人

她不是在插秧,也不是在锄草

这是一个阴天

没有阳光,也不下雨

她却戴着一顶草帽

也许,这仅是平日里养成的习惯

无可非议

她正拉着一辆车

(一辆装着垃圾的手拉车)

在马路的右侧,慢慢地向前走

现在,你明白了,这个戴草帽的人

她是一名清洁工

另外,她还是一个女人
年龄和姓名不详
她的持续动作和状态是拉着车
低着头,好像在寻找什么
看起来呢,不太轻松
也不特别吃力
她还有一个特征——
在不下雨,也没有阳光的日子里
她戴着一顶草帽

2014.2.22

一个在黎明时分醒来的梦

我挣扎在一个梦里,像一个溺水者
或者被绳索或铁链捆绑的人
(换另一个或几个及物的比喻吧,也像
鱼叉上的鱼、罗网里的鸟以及
粘在蛛网上的飞虫)

我挣扎,源于恐惧和试图反抗

某种既定或将定的命运

一切徒劳而剧烈,但我

终将醒来

我从一个梦里挣扎着醒来

就像一个溺水者爬上了堤岸,我拥抱水边的芦苇

泥土以及河滩上的青草

一只从头顶上跳过的蚱蜢,一只绿青蛙,一只蜻蜓

或者一条小水蛇,它们

也是如此亲切

是的,一个从梦里挣扎着醒来的人

不仅重新看到了枕头、被子、床、沙发

衣柜、写字台、台灯、一些昨晚散乱其间的书籍

他还看到了窗外,那半明半暗之间的

所谓黎明

2014.11.24

四根香烟里的算术、几何以及哲学

四根烟,可以做成什么?

一个正方形,一个三角形和

一根孤独的直线

(它可以构成一面抽象的旗帜

带着塑料或木制的旗杆)

或者两个加号,或者两个等于号

(一个加号和一个等于号

这是另一种构成)

甚至,还可以构成四个最初的数字

(在阿拉伯数字和汉语中

都是如此)

这是某种选择和安置

这就像一根火柴,仅是一根直线

或者一个减号,一个数字

两根火柴,可以成为两个减号、两个数字、一个加号

或者

一个等于号

三根火柴,可以成为一个图形,三角形

或者拆分成一个加号和减号

或不等于号

你立即就能明白,三根与两根和一根比起来

会有更多的变化

而四根呢,四根显然更有

各种深意和可能

但它们仍然不能构成一个算式

哪怕最简单的一个

更何况,现在,它们仅是四根燃烧过后的烟蒂

(这是一根火柴或失眠者的作为

或行为艺术)

在我带彩色图案的

水晶烟灰缸里,杂乱地静卧着

它们甚至都不能或不配称作

横七竖八

2014.11.27

病毒

像一台旧式电脑,在不经意间
中毒
无法开机,输入缓慢,程序无法打开
删除,乱码,无法显示
入侵文本
"我要吃苹果""蠕虫""木马""熊猫烧香"
一些古怪的病毒名
来自那些半明半暗或明灭不定之处
黑客,操盘手,阴谋家,盗窃犯,流氓
一些黑暗的人、物和词汇
像一部老电影,人影移动,晃动
而一些作为名词的词汇,却像动词一样在
抖动,行动,盲动,蠢蠢欲动
这可怜的机器,无法工作,也无法静止
于是,它在一片慌乱之中
闪烁不定
然而,不过,但是,在一些带有转折意味的

连接词之后，我要说的是

此时此刻

中毒的不是我，而是诗人甲，或学者乙

他们或他，被一种古老的病毒侵袭

这顽固而不祥的病毒，总是突如其来

即使曾经

多次感染，却无法终身

免疫

2014.12.11

黑客

他们是这样的一些人，黑色的——

黑色的礼帽

黑色的头发

黑色的眼镜，黑色的风衣

黑色的拐杖

黑色的烟斗，而苍白的仅是他们的脸和手

这是一部黑白的默片

他们在行动，在一个明暗交替的夜半

像黑色的猫，黑色的狗，黑色的老鼠，黑色的蝙蝠，黑色的蜘蛛

黑色的夜半

它们明灭不定，闪烁，就像他们是

某些特殊的光源

而我们早已习惯了黑暗

一些细微的光亮，也会让我们暂时

失明

2014.12.11

一只可能并未死去的小闹钟

它只是一只死去的小闹钟，在原木制成的书架上
（那是死去的一棵树，几棵树，某片森林
而它仅是
它们的一小部分）

一声不响，也不再行走

它的内部可能已经生锈，齿轮断裂，焊点脱落

或许，它只是缺少一节电池

七号或五号

它不代表所有死去的时间

它只是过去的一个部分，一个人

或者几个人，它

仅属于某个房间

与书架、台灯以及那些散乱的书籍一样

（那些书，作为永生或不朽者

它们最为幸运）

也许，它并未真的死去

它只是躺平，停摆，冬眠

只是以另一种方式，延续着自己的生命

比如，保持沉默，或者把自己装扮成一名哑巴

一个无法行走的残疾人

它还不必被扔进垃圾箱

它有奇巧的造型，鲜亮的颜色，至少

还像一个不错的小摆设

那就允许它像尸体一样，活着，或者说存在
一切仅此而已

2014.12.20

黑暗里的一部分

我从有灯的空间，走向
　　没有灯的那一部分
我感觉到了，四处拥挤、涌动着的
黑暗，而那些黑暗里的物件
此时，也属于黑暗的一部分
这一部分
包括客厅里的沙发、茶几、藤椅
餐厅里的餐桌和餐椅
橱房里的柜子、炊具、碗和杯子
它们不仅黑暗，它们还不动，不发出任何声响
在这些黑暗的事物之中
还包括一只猫

它也是黑暗的，这与它的灰黑色的皮毛有关
（即使在白天，它也与黑暗
沾亲带故）
此刻，它不发出任何声响，但不停止运动
它像藤蔓一样，在黑暗里，缠定了你的腿
缠绕，撒娇，缠绕，撒娇
讨厌的猫啊
这世间最为深重的一种黑暗
它不仅会行走，在必要的时候
它还会发出声响，很古老，很经典的
某种声音

2014.12.20

竹林七贤（组诗）

阮籍

> 我醉欲眠卿且去，明朝有意抱琴来。
> ——【唐】李白《山中与幽人对酌》

阮步兵是个老实人
所以，他一辈子只能当一名步兵
不配骑马
也不宜坐轿

偶尔骑一回马，他也不擅驾驭
信马由缰
走到山穷水尽之处
像个迷路的孩子，下马

放声长哭

阮籍啊,你笨得不会骑马

还不认路

你的古琴弹得也好

据说,你是《酒狂》的原创作者

你翻青、白眼的伎俩,虽然

无人会意

却是当世无双,兼及空前绝后

如果你还能变脸

那就算得上是一名合格的川剧演员

可惜你出生在了河南开封

你不只有演员的天赋

你还是一名喜欢起哄的狂热观众

你会长啸

(像一个喜欢胡闹的小杆子

噘起嘴唇

把带爆米花味道的手指

呈八字状放进嘴巴——）

不过，你不在剧院里
而是在山丘之上
天高地远，松风或竹风徐来
你举杯持螯，仰天长啸——
如狼，似虎。
可惜，没人在你的头顶之上
点亮一盏或明亮、或朦胧的月亮
那个叫李太白的后生
他极可能是你最优秀的学生

一个靠酒才能装糊涂的人
不是真的糊涂
在一个暗黑的年代
所谓的名士风流
有三钱无奈、一两辛酸、半斤自负
不过，能逃过生离和死劫
也算是一种本事

如果说到饮酒

你只喝白的,不喝红的

也不喝啤的

这与我竟有几分相像

只是一醉三月,我们学不起

大家要上班、挣钱、养家——

且似无必要

没有哪个国王会死乞白赖

一定要跟咱们结为

儿女亲家

如果听古琴曲《酒狂》

我只爱听酒徒阮籍先生

在沙丘、流水之间

旁置半木桶53度的酱香白酒,以及水瓢一只

(竹林、月亮和美女

可有可无)

散发箕踞

亲手抚弄的那一首

嵇康

"嵇叔夜之为人也,岩岩若孤松之独立;其醉也,傀俄若玉山之将崩。"

——【南朝宋】刘义庆《世说新语》(引山涛语)

写诗。击剑。弹琴。喝酒。长啸。翻白眼。
貌若天神,兼及
装醉,装死,装疯卖傻。
你能比得过阮籍吗?

你比不过,你比不过——
一个不小心
你真就丢掉了那一脑袋的孤傲
智慧以及才情
(你的恩师孙登先生早年曾说:
"君性烈而才隽,其能免乎!")

景元四年。春天。

那一天,一点也不黑暗

无需为人物打光

也没有那让秋瑾女侠发愁的秋风和秋雨

阳光妩媚,归雁在天

正是春天里一个杀人的好季节

监斩官也一定是个读书人

慈眉善目,温文尔雅

他给了你最后的尊严,甚至是浪漫

让你抚琴一曲

刽子手一点也不残忍

他的刀法娴熟

干净又利落

竹林里的清风,送来

榔头和铁砧的铿锵之声

是的,那是某个遥远的下午

那天,你不写诗,不喝酒,不弹琴

也不骑马

你只是低着头,赤膊打铁

向秀小兄弟打下手

他拉得一手的好风箱

你们一起锻造菜刀、镰刀、犁铧以及

复仇的箭镞

(你一定还记得吧

那天,你的佩剑就挂在身旁的柳树上

它从没有杀过人)

一切水到渠成。

一曲绝版的《广陵散》之后

玉山倾倒,逝者长逝

(天空里,鲜花如雨

鼓乐笙歌

那些仪仗和马队正在云端等候你)

从此,所有的苟活者

继续苟活

那个历史啊,还在牛车、马车以及火车之上

向前或向后,向左或向右

颠簸前行

《广陵散》似乎还在流传
但肯定不是那天你弹的那一首
你优雅、从容，气定神闲
像极了那个时代一名真正的
贵族、名士和读书人——

兄弟，你就一点也没怕疼吗？

山涛

> "山巨源如璞玉浑金，人皆钦其宝，莫知名其器。"
> ——【南朝宋】刘义庆《世说新语》（引王戎语）

让我也叫你一声兄长吧——

一千五百年的光阴
似乎不算太长
太阳向西，河流向东
所有的时间都如同时常改道和泛滥的黄河

奔流向海不复回

山涛兄，你别来无恙

在人世间，我们还有几个

生死相托的兄弟或朋友

一起喝酒，一起弹琴，一起骑马

一起采药，一起炼丹，一起读书

一起品评时事和人物

一起说梦

一起骂人，骂天骂地，或者骂你

说你是庸俗之辈

宣布从此与你绝交

而你，也从不会真的在意——

"巨源在，汝不孤矣。"

临终托孤

嵇康对十岁的儿子嵇绍说

这是多少年的相知兄弟才会说的话

你们似乎忘记了那篇《与山巨源绝交书》

我们正好都还记得

（不过，这可能只是兄弟之间

给该看的人看的秀场）

山涛兄，你八斗方醉

也算是酒中神仙

竹林七贤谁还不能喝几杯

但到点了你就不再喝，所以从不会醉

你的节制

就像你的为人或做官

你位列三公

为子孝顺，为友仗义，为臣忠诚

为官清正，无人能出其右

你死后，家境贫寒

只能靠朝廷救济

山涛兄，除了嵇康，在骨子里

这世上有几人知你、懂你

你从不解释，即使受了误解和委屈

难道你只是一个不善言辞的老实人
荣华富贵，于你如浮云
在隐逸和入世之间
你有自己的无奈和纠结
进退两不便
还不如大隐于朝
其实，你最有出世的精神
这是竹林的别一种风流
你还无言地告诉我们
如何做官、做人、做事
且郑重地定义了友情
以及兄弟

山涛兄长！山涛兄长！山涛兄长！
——我长呼三声，并给您行江湖之上的
抱拳礼

向秀

> 叹黍离之愍周兮,悲麦秀于殷墟。
>
> ——【魏晋】向秀《思旧赋》

向秀又名向子期

著名青年学者,却没能注完他心爱的《庄子》

——此生唯一传世的学术专著

他活得太短

最终,还被某个后辈盗版

你的学术观点:儒道合一

并无新颖、出奇

另一个却让人长存感动

那就是无论是做一只大鹏,还是做

一只燕雀

都一样可以活得自足、逍遥

也许,这是你自甘平庸的理由

或自我辩护

你一不小心就流传后世的名篇

叫作《思旧赋》

记写早年两个被朝廷严打了的兄弟

你们本可同生共死

但为了那份忘却的纪念

一切尚嫌过早

这是你活下来的唯一理由

你曾与他们一起打铁、鼓风、担水、锄草、侍弄菜园

柳荫下的阳光，照耀着你们流汗的赤膊

向秀兄弟

你的风箱拉得真好

钟会为证

不过，这些早成过往

你的那篇散文，朦胧、晦涩、欲言又止

在那个光线并不明亮的年代

担着丢官、掉脑袋的干系

如果不是早一点自行死去

一切都不好说

在地狱的烈火之中
兄弟们的眼睛在看着你
他们不想获得永生
只是期待兄弟们的再次重逢
只是，如今的地狱里边
水深火热，早已无铁可打
没有太阳和庄稼
那些阴间的广袤田地
早已荒芜——
你们失去了哪怕最小的
一块菜地

如果为了传世
一篇文章，半本书，足矣！
蛙鸣三夏
何若惊雷一声

不过，正如所愿
你最终一事无成

完成了你心目中的那个模样

在低矮的灌木丛之间

跳来蹦去，偶尔也叽叽喳喳——

做一只并不真正快乐的

小麻雀

刘伶

> 刘伶好酒世称贤，李白骑鲸飞上天。
>
> ——【明】于谦《醉时歌》

刘伶是个酒鬼

刘伶——很丑，很矮，很穷

幕天席地

他破旧的大裤衩里，除了虱子

还可以装得下一众俗人

你笑着说，这些人竟然钻进了

你的裤裆里

这下可把人得罪大了

那天,你一定是又喝海了

竹林七贤里,没有不喝酒的
但把酒写成文章的
只有你一个
与你相比,李白不敢自称"酒中仙"
你在《酒德颂》里自述:
"唯酒是务,焉知其余。"
你啊,以酒言悲
让多少人热血沸腾,又悲从心来

你是真的不想当官
于是,锣鼓铿锵
上演了一出:《裸奔逃官记》
这是一个令人拍案惊奇的场景

另一个场景,还与酒有关

一只梅花公鹿

拉着一辆旧木车

你手执酒壶,坐在车上

车后跟着一个扛着铁锹的村里蠢汉

你边喝边说:

"死便埋我!"

据说,有一种酒的名字就叫

刘伶醉

阮咸

仲容铜琵琶,项直声凄凄。

——【唐】李商隐《戏题枢言草阁三十二韵》

你是真正的音乐家

与你相比,阮籍、嵇康都算不上

懂音乐的人

你用竹竿晾晒你的大裤衩

此裤系粗布所制

黑色,或者蓝色

那是穷人们的一面旗帜

其实呢,你家中尚有半缸美酒

也算是一个中产吧

你与朋友们席地而坐

畅怀共饮

一群没有受到邀请的猪

自己入了席

而你的老婆是你骑马追来的

侍女出身

自然管不住你

散骑侍郎、始平太守阮咸

从来就不在乎当什么官

只要有美酒与音乐,这才是你的最大爱好

你没有诗文流传

唯一的音乐专著

也仅剩下一个书名

你的琵琶声

从遥远的竹林里传来

欢快,凄清,若有若无

王戎

> 王戎晦默于危乱之际,获免忧祸,既明且哲,于是在矣。
>
> ——【东晋】戴逵

王戎的名声不太好

在竹林七贤里

他被传说成一个反面人物

他是琅琊王氏

自小聪明,勇敢,眉清目秀

长大了之后

钱多，地广，官高

治国、打仗也是一把好手

位列三公

每个时代能有几人做到

于是，人们说他贪婪，吝啬，热衷名利

一切似乎皆有印证

也没听说，他做过什么坏事

官场险恶

他每天都在走钢丝

他上班时，翘班，骑小马去郊外闲逛

放权属下，懒于行政

有一次议事，为了保命

竟然假装掉进了茅坑

他广而告之，他与老婆每晚在家数钱

并给李子钻孔

他主动自污，扮演小丑或小人

只是想告诉朝廷和世人

他胸无大志，人品卑劣，从不想博取权力和声名

于是,王戎富贵一生
且得终天年

一个聪明人,在一个黑暗的年代里
大致只能活成这样

2021.11.6—2021.11.19

夹竹桃（组诗）

鲈鱼

鲈鱼

在水草里哭泣

一只母鲈鱼

丢失了她的三千只雄鲈鱼

其中，有一个是她的丈夫

二千九百九十九只

则是她的儿子

一群母鲈鱼

在水草里哭泣

她们也丢失了丈夫

丢失了儿子和女儿

丢失了父亲和妈妈

丢失了爷爷和奶奶

她们不能不哭泣

在水的深处

一只母鲈鱼和

一群母鲈鱼在哭泣

春天从没来过

夏天早已走开

小河涨水了，长江涨水了，大海涨水了

那不是冰山上的雪水

也不是南极和北极的融冰

据说

那是母鲈鱼们的眼泪

2010.4.25

回音

我们在两排房子之间
我和另一个孩子
也许,还有第三个
我们在玩一种古老的游戏
我们第一次发现
墙也能说话
它就像一个学舌的人
会喊我们的名字
会说我们说过的话
我们不知疲倦
沉浸在那些小小的欢乐里
我们可爱的回音壁
它们属于生产队
它们是粮库、杂物仓库、牛棚、猪舍、羊窝
它们围成一圈
中间,则是巨大的场院
打谷场、会场、民兵训练场兼我们的游乐场

如今，我们已经成年

那些房子，也早已不在

现在，它们是一大片玉米地

那些回音呢

那些回音呢

当然，它们还在

在玉米与玉米之间

它们像风，又像蛇一样穿行

有着柔软的动作和

优美的腰身

2010.12.19

夹竹桃

红的，或者白的

它的花

它们的花

据说，都是有毒的

它是有毒的

它们是有毒的

在墙角、路边

或者寂寞的河堤之上

它们繁茂、灿烂地生长

或者开放

像一切有毒的事物

它们美丽而放肆

在这个世界上

唯有它们，活得自由自在

无所顾忌

2011.5.12

静物

它是苹果

它是橘子

它是梨子、葡萄、草莓或者芒果

有时，它是一只、一枚或者一串

有时，它是一些集合体或混合体

它化身成它们

它们只是一些水果

有可爱的颜色、形状和味道

它们被一双手或者几双手摆放

有意、无意或者随意

它们与丑陋的陶罐在一起

它们与土气的篮子在一起

它们与安详的石膏像在一起

它们仅是一些色彩和形状

既不动，也不说话

它们就是一些静物

2011.10.15

道具（组诗）

夜行者

我走在树荫与路灯的晦暗里
它们交织，分离
仿佛一些暧昧不清的文字
组合成充满暗示和隐喻的词句
是的，天空开始下雨
像那些没有羽毛的箭杆和箭镞
它们歪七倒八
并无规律可循
于是，我又走在雨和雨构成的空间里
或者干脆被雨击中
我并不在乎
我真的很无所谓

在这个午夜

我并无目标

我不想回家

也不想去另一个酒吧

2012.5.8

一本记忆里的书

我曾经喜欢一本薄薄的书

它的纸张很白,也很薄

它有全部的轻巧

以及深刻

它们与薄无关

它还有仿宋的字体

以及疏朗的间距

在字和字之间

在行与行之间

那些思想可以像风一样

自由地穿行

它有素洁的封面

以及简单的花型和图案

它总是默默无语

因此，有着淑女的娴静、温婉

和内蕴

是的，它轻

且薄

但并不轻薄

2012.6.10

道具

我看见一座亭子

隔着砖石和铁艺的围墙

我看见一座亭子

它有些粗糙

但我仍然能够认出来

这是一座亭子

它安置了一只竹制的躺椅

还晾晒着两件物品

一条薄薄的棉被

一件白色的大褂

它们属于一个老人

他的晨练

中午和晚上的纳凉、休憩

是的,一切就是如此

此时,他回到他的老屋里

留下了他的道具

2012.9.29

哈尔滨饺子店

它卖哈尔滨饺子

牛肉馅儿,猪肉馅儿,羊肉馅儿,韭菜馅儿

香菇馅儿,猪肉白菜馅儿,茶干芹菜馅儿

当然，它也卖白酒和啤酒

但它不是酒店

啤酒是正宗的哈尔滨牌啤酒

白酒则来路不明

还有下酒菜

鸭脖、鸭头、猪肘子、茶干

这些，无法确定它们是否是哈尔滨的特产

它的老板，一个高大的中年人

它的伙计，一个瘦瘦的小伙子

还有一个胖胖的姑娘

它们是不是来自哈尔滨

同样，有待考证

2012.10.11

寓言

我更愿意沉默

或者隐身

像一条鱼不肯把背鳍浮出水面
这与害羞无关
我不肯浮出水面
这只是源于某种固执或者坚持
它没有理由
甚至，也没有意义
这就像一朵不愿意开放的花朵
它更愿意做花蕾
躲在其他叶片和花的背后
这也像阳光里的一粒微尘
它选择了
逆向飞行

2012.12.13

蛇说（组诗）

窗下

我坐在窗下
读书
光来自我的左前方
这是一些很好的光
哪怕今天是阴天
下着一些细小的雨
来自左前方的光
把我的书籍照亮
白的纸，黑的字
它们全都被照亮
它们也许也照亮了我的脸和眼睛
这些光、光线、光亮或者光芒

不管我们如何称呼它们

它们都是同一种东西

它们照耀一切

当然,也包括把那些黑暗中的事物照亮

2013.1.22

小䴙䴘

它们都长得一模一样

父亲、母亲

以及它们的孩子们

(它们的爷爷、奶奶以及更老的祖先

可能也是一样)

它们在开满鲜花的草地上

奔跑

(小心啊,小䴙䴘!

草丛里有狐狸和臭鼬)

它们在河边的芦苇和灌木里嬉戏

（小心啊，小鹏鹉！

水里有食人鱼、蛇和水貂）

树上有猫头鹰

天空还有剽悍而敏捷的游隼

这些不会飞的鸟儿们

单纯、快乐而愚笨

在春天小溪的激流里

它们被冲得东倒西歪

2013.2.27

蛇说

我听到了蛇的说话声

走吧，蛇说

它在一棵树上说话

赶快离开那污浊之地

蛇说，这是它的补充

现在，它在草地上说话

它的声音很小

它所处的位置却在变换

它在屋梁之上

它在天花板上

它在窗外

它在门坎上或者门缝里

它在你的脚下

它在你的袖管和裤腿间

它在肩上和耳边

它在不停地引诱，不断地劝说

孜孜不倦

它良善像天使

它彻悟如佛陀

它洞悉人世罪恶超出魔鬼

真的，它来自《圣经》上的某页

它的圣洁同样不容置疑

走吧，走吧

赶快离开那污秽之地

蛇说

2013.4.25

马拉河上的瞪羚

它被捕获了

它被一只鳄鱼捕获了

马拉河上的瞪羚

它们有幸福、温柔、迷茫而坚定的眼神

它们要过河

去河那边,另一片草地在等着它们

它们就是要过河

在此段马拉河里,一共有五只鳄鱼

而马拉河的河岸之上

有一群需要过河的瞪羚

是的,它们就像是鳄鱼们放牧的羊群

现在,一共有五只瞪羚

在鳄鱼们的嘴巴里

鳄鱼们正在集体会餐

在马拉河上,从它们的大嘴巴里发出了一种

喀吧、喀吧的声音

这种声音,其实是瞪羚发出的

闷钝的是肉发出的
清脆的，则是或硬或软的骨头发出的

2013.4.28

飞天

在敦煌
飞天们被精确到个位数
他们像神
却有着世俗的肉身
哪怕能够飞翔或者起舞
柔美而轻盈
每一个飞天的美
都是不可模拟的
那些脚尖踩在大地上的舞者们
即使用最长的那根脚指头
轻轻地踮起，跳跃
也不能抵达

那些你无法企望的高度

你只有跪下来

或者，双手合十

两眼紧闭

在幻觉之中

你与他们无限接近

2013.4.29

酒狂

你的手指，共有十根

现在，九根醉了

还有一根

则早已烂醉如泥

而琴弦还思维清晰

它说出的每一句话

都精确无误

而被雕刻成琴形的桐木

却很安静

什么也不要说,它说

现在只需要凝视你

一个酒疯子,正在手舞足蹈

2013.9.18

旅行者

旅行者,像鸟,像风,像马,像大马哈鱼群

像柳絮,像秋叶,像某些植物的种子

也像河流

像那些随物赋形的事物,比如水或者水银

没有确定的方向和形状

像铁轨,像车轮

在规范和自由之间前行

像道路,像无限铺展开去的田园和旷野

像水杯,像旅行箱

一次次地被装满和清空

快乐和忧伤，只有在某些时刻才被感知
很多时候，他们一点也不自由和浪漫
像鸟和风一样，不知行止
按照命运的神秘的暗示或指示
它们进行着那些必须、必然或者
命定的迁徙

2013.11.19

椅子(组诗)

卡夫卡

> 他虽然想做一团火,但他却是一块透视苦难的冰。
>
> ——马克斯·勃罗德

忧郁而迟滞的眼神,家族的徽章

在捷克文里,"卡夫卡"的意思是
寒鸦,一种富有装饰性、长着漂亮尾巴的
大头鸟,它被印在父亲商号的信封上

总是一些负面的情感
以及与此相关的负面词汇

忧郁、迟钝、悲哀、畏惧、自卑、寒酸、丑陋
优柔寡断、糟糕、害怕、难受、担心、羞愧、疲倦
这是他日记里常用的一些语词
它们与他，终其一生

2014.1.15

椅子

我该如何告诉你，一把椅子的形式
以及它的结构
它的材料，除了木头
可能还有塑料、海绵、铜、铁和金
这些结实而冰冷的物质
它实现了最初的目的和功用
它有简单或复杂的结构
甚至还有贵贱或等第的差别
但它都逃不出是一把椅子——
当然，它也可以是用纸折叠而成的

或者就是一张照片或图画

它不具备现实的功用

但仍然是一把我们常说的椅子

它可能仅是一些简单的线条或者色彩

（也许，就连色彩也没有）

它是一把纸上的椅子

还有很多时候，它是关于椅子的一些文字

字母，发音，概念，手势或表情

我多喜欢这样一把虚拟中的椅子

它在意念之中，等待安放

最初的，以及最后的

安放

2014.2.4

佩德罗·巴拉莫

佩德罗·巴拉莫

这是一本书的名字，一篇小说的名字

或者干脆它只是一个人的名字

一个父亲的名字,一个情人的名字

一个水手或者强盗的名字

一个英雄的名字

在那个叫科马拉的山地村庄

如今,他已死去多年

2014.2.22

永生者

在无意之间,他走进了永生者的行列

请不要说话,或者轻声一点

他正侧着身子,坐在神龛之中

并斜着眼睛看我们

他为什么不把身子坐正

并正眼而视

请不要说话,或者轻声一点

他还是一位新神

所以,有点不自然或者怯生

另外，他不想，也不会说一些什么
原因是暂时还不便发表意见
对于一位新神来说
即使咳嗽也应该轻声的，咽口水时
喉结也最好不要剧烈而迅速地
上下滑动

2014.2.22

无题

我的胃里，有一只腿，一只羊的
公羊的，后腿
（不过，分不清左右）
其实，它仅是某只羊后腿的切片
不是全部，除此之外，还有
钾盐、生抽、鸡精、生姜、大蒜、辣椒，等等
于是，躺在被窝里
我像一条蟒蛇，在草丛里，卧眠
一动也不动

我的胃里，有一只公羊的后腿，或者说

一只公羊后腿的部分切片

以及佐料

2014.4.14

读《古拉格群岛》

一本迟读的书，令我惭愧

它被我购买并保存很久

就像它曾经的命运，冰封，雪藏

在那些冬天里

今天，我打开了它

在这只黑色的匣子里

装着的曾经是一些火

（或者说火的种子）

和一些光亮

2014.5.31

神像（组诗）

神像

你是一尊面容模糊的神
像一幅久远的壁画，色彩褪尽
或者荒草里的石碑，字迹漫灭
你是一尊雕像
不知出于谁手，一位胡须斑白的老石匠
还是某位大师
你的不朽之身
已经离去，留下冰冷的石头
以及最后的形容
而我，依然膜拜你
我的神

2015.2.2

蕨菜

与《诗经》里的薇，一样吗
与《白蛇传》里的灵芝
一样吗
一种草，一种药，一种菜
一种草，野草
（在水牛、山羊、兔子的家族史里
有它们的传说）
一种药，它们又一同出现在
《本草纲目》里
（它们各有自己的功效，只有灵芝除外
它包治百病，起死回生）
一种菜，古老且天然的食品
采薇人的歌声还在
山间飘荡
至于蕨，一般被叫作蕨菜
现在，它被晒干，呈灰褐色

贮藏在我家的壁柜里

它来自大别山,出自一位农妇之手

作为一份馈赠的微薄之礼

它不同寻常

她亲自到山上采摘、清洗、晾晒、包装

然后,将它带至这个叫石头城的地方

她在此打工

已经七年

据说,她来的那年,女儿还在蹒跚学步

如今,已能到山坡上放羊

并采集蕨菜

2015.3.22

我有一百扇窗

我有一百扇窗,但我只有一只飞鸟

我有一百只飞鸟,但我

只有一个天空

我不可能有一百个天空

除非它们被画在纸上——

这是可能的，但我只有一张纸

它可以画上一百个小小的天空

在这些天空里，有更小的太阳、月亮

还有看不见的星星

而我的飞鸟，就分布在这些天空里

它们比星星更大，比月亮更大，也比太阳更大

其实，我只需要一扇大大的窗，一个天空

一个太阳，一个月亮，一颗星星

还有一只飞鸟

在我想看的时候，就能看到它们

不过，如果这些飞鸟有一百只，或者一千只、一万只

那我只能希望，我有更大、更多的窗

最好，它们是

一百个

2015.4.18

挪威电影:《白色严冬》

那些雪总是要化的

那些雪,白色的雪

也许

千年不化

(这又能怎么样呢)

那些雪,白色的雪

是昨晚下的,前天下的,上个星期下的

上个月,三年前,一百年前,一千年前

也许,三百万年前

那时,雪地上还没有那种叫人类的生物

没有他们的脚印和排泄物

但熊已经有了,鱼已经有了,苔藓已经有了

中国的江南,梅花、梨花、桃花、杏花

正在次第开放

蜜蜂、苍蝇和不知名的昆虫们,嘤嘤嗡嗡

蝴蝶飘飞,像雪花一般

上下,左右,前后

而欧洲的北部海湾或半岛，此时正在下雪

早晨的雪，覆盖了夜晚的雪

昨天的雪，覆盖了前天的雪

江南的梅花凋谢，结出青青的梅子

青梅煮酒，新谷酿出的酒已熟

而异国的雪，还在下

从没想过要停下

它们既不会停下，也不打算融化

2015.8.3

乌合之众

我受了伤，但我

却要把我的伤口掩藏起来

我要装着什么事也没有

如果你撩开我的遮盖物，发现了伤口

我会微笑着说

不疼，真的

一点也不疼
如果你为我流泪,并赞颂我的坚强
我要说,真的没有什么
我不能告诉你,它是来自背后
的刀伤或箭创
我只能这么说,如果需要引用或引证
那只能写下《乌合之众》上的某句话:
乌合之众,它们是有反噬性的
对于最优秀者和杰出人物
(大意如此)

2015.8.5

致古米廖夫

你死于1921年。形式:枪决
这一年,你比雪莱年长五岁
他死亡的方式比你浪漫
在大海里,溺死

你离大海太远,在那一年的俄罗斯
有很多人死去
本来,在1905年的时候,你可以
死于一场自杀
因为绝望的爱情,那年你十九岁
但你为另一种爱,以另一种方式
死去
在1921年的夏天

2015.8

致阿赫玛托娃

你的身体里,携带着祖传的病毒和细菌
肺结核,还有另外两种
诗歌,爱情
你真是百病缠身啊

俄罗斯诗歌的月亮,山川起伏,沟壑纵横

密布着暗影以及陨石撞击之后

留下的伤痕

2015.8

禁果

禁果们,生长在遥远的森林

它们野蛮,狂野,神秘,带着原始森林的气息

它们色泽鲜艳,如所有

那些有毒的事物们

(比如,有毒的菌菇、蛙类、蜘蛛

或者蛇)

它们也许并无更好的口味

而在我们的身边,却并非如此

所有的果实都十分安详、平和、甜蜜

且随手可得

它们总是生长在最低的枝丫上

或者就在果盘里

它们的口味,有时也会略带酸涩

但是绝对安全

而一些习惯品尝禁果的人们

经过漫长的旅行

却早已到达

他们逍遥在森林的深处,或者正在攀爬

那些神秘而邪恶的树木

一些人正在路上,星夜兼程

打马如飞

而另外一些人呢,他们已打点好了行装

准备出发

2015.10.21

鲜花怒放（组诗）

鲜花怒放

鲜花怒放，一朵接着一朵
然后，它们一齐或者全部开放

每一朵花里，都有一个小花仙
安徒生在他的童话里
这样告诉我们
为什么不可以有两个、三个或者更多
在一朵花里
在一朵花里，可能也会有一个魔鬼
一个、三个或者更多
谁知道呢
这时候，一个好人走了过来

一个鞋匠、巫婆或者士兵

走了过来

他们说，每一朵花里有一个小花仙，一群小花仙

一个大魔鬼，一群大魔鬼

它们在白天吵嘴

在子夜，它们会手拉着手

围成一个圆圈，唱歌、跳舞

开一场晚会

然后，它们躺在花瓣上、花叶上或花蕊里

甜睡

这有什么奇怪呢？

一个鞋匠说。

2016.1.19

江南三月

这是一支琵琶曲，草在长

鸟在飞

太阳无语,花开有声

柳丝如水

如蛇

如古代仕女细小的腰肢

你一定想起传奇小说里写的那个什么,秦淮八艳

——大红灯笼高挂,桨声响起,画舫如织

水波荡漾,丢弃的白菜帮、落叶与飘零的花朵

如暧昧的欲望,上下起伏或者

飘摇不定

演奏者有着柔软的手指

和三月一样的颜色

年轻,明净,柔美

但不知是否还持有不再流行的品行

善良、高贵和纯洁

她怀里的琵琶,有着女人特有的身型和气质

性感,娇小,柔媚

且声色迷人

江南三月，我多想像个早已颓败的老人
（身如槁木。心如止水。左手执壶。右手持扇。
——壶是旧紫砂壶，扇是破芭蕉扇。
老式的收音机一直在熬猪大油
"嗞嗞啦啦"响不停
放送的那曲子，却正是《江南三月》
坐在竹编的椅子上，眯上眼睛
打一会儿瞌睡

呼噜声起，幕落

2016.3.5

早春二月

还没有来得及，写一首诗或
一行诗
二月，就过去了
（就像一个擦肩而过的人

没来得及看清脸)

忽然想起一个叫柔石的人,还有

他的《二月》

(也与"二月"有关)

一篇关于爱情与阶级的小说

在他的二月里,既有寒意

也有梅花

而他在龙华寺暗夜里的凋零,也有些像二月

像那个月份里的梅花,有香味

有颜色

还有猝然飘落时的形状、路径、姿态

以及声音

(花落自然无声

但金属与金属之间,却会有)

还没有来得及写一首诗或

一行诗

二月,就过去了——

但我分明已看清,那个擦肩而过者

他的嘴,和脸

以及他的破棉袄里藏着的一些
恐惧、脆弱和惊惶

2016.3.5

强盗

一个强盗也有柔软的部分
到底是哪一块：
他的腰，他的肚脐眼，他的脚后跟，还是他的心脏
一个强盗也有柔软的时候
但他的拳头和刀却始终坚硬
这么说吧：
放下屠刀，立地成佛
他其实做不到
在放火时，放过一栋最破的茅屋
在杀人时，一刀毙命
在抢劫时，留下路费和明天的早饭钱
这算不算美德

不过，这么说吧：
放下屠刀，立地成佛
他其实做不到
真的
这是他全部的柔软和坚硬
作为强盗，他此生贪财好色
杀人放火
却切齿痛恨
说谎、怯懦以及告密

2016.3.5

读者

没有人会喜欢我的诗
没有人会看，会朗诵，会抄写
这些分行的文字
但我仍然在写，在写，在写
（只问耕耘，不问收获）

虔诚，偏执，坚定

仿佛某个世纪的宗教信徒

他们不读，也不能读懂

而能读懂诗的人

自己正在写

或准备写

那些不能读懂的，可能也正在写

那么，我到底为谁而写

肯定不只是为了自己

（就像一个鞋匠，不能只为自己做鞋

就像一个厨师

不能只给家人做菜）

我们可以喝酒，可以打牌，可以钓鱼

可以读书，可以种花养草，可以谈情说爱

为什么要去写诗？

我们没有读者

他们正隐身于河流、群山以及灌木之中

也有可能,他们还没有出生

2016.3.6

歌哭

我见到过乡下女人,在灵柩前的歌哭
(那种曲调或曲牌,从没有被命名
但风格鲜明,高亢、婉转、悠扬
在高音与低音之间,随时切换
千回百转)
我不觉得那是悲伤
而是表演
(既有唱,也有对白和动作
就像某种地方戏)
有声,有泪,有鼻涕
有悲痛欲绝的表情和极其夸张的手势以及肢体动作
一切不容置疑
在很多时候,我也想哭

但没有眼泪，没有鼻涕，没有动作
没有声音

2016.3.6

这个世界还在

这个世界还在，我们彼此相识
这个世界还在
喧闹，混乱，肮脏，一刻也不停止
这个世界还在，带着它
应有的温情和色彩
天不那么蓝，地不那么平
山色模糊，河流
还在流动
我们彼此相识，还叫得出
对方的名字

这个世界还在

2016.4.21

白色的鸟

黎明时分,一个坐在窗边
读佛经的人

第一次他抬头,江上一片空寂

第二次,有几只白色的大鸟
正在上下翻飞

第三次,大鸟不知去向
江上依旧空寂

其实,哪来那许多空与寂
江水东流

不舍昼夜

那些停泊或航行着的船舶

或静止不动,或穿梭往来

还有看不见的

那些存在

你再抬头

江上是沉寂,还是又上下翻飞着

白色的鸟——

有谁记得,它们是一些新朋

还是早先那几个故交和旧识

2016.6.30

它叫祥林嫂（组诗）

"海棠花儿开"

"海棠花儿开"，这是一句陈述句
也是转述，来自某部电影
或某首音乐
其实，我在此刻特别想要抒情
加一个感叹号，并不能把它变成
一个祈使句
我因为那盛开的鲜艳之美
而感动，却因此失语
要说的话，都是一些闲话和废话
我因为在这个年龄，还欣赏
这些艳丽之美，没有走向平淡
而觉得羞愧

我也不能假装，因此
只有说出一句陈述句，不带褒贬
它仅陈述一个事实：
"海棠花儿开"

2017.2.27

它叫祥林嫂

一只不知名姓的怪鸟，在窗外
或在山上
它在叫，它在叫，它在叫
它在叫
它仍然在叫，在树上叫，在山顶上叫，或者边飞边叫
从早到晚，它一刻也不消停
像是呼唤，诅咒，抱怨，诉说
它的名字应该叫作：
祥林嫂
曾经出现在某篇中国人的短篇小说里

它在呼唤,它一定是在喊

阿毛,阿毛,阿毛

它在诅咒和抱怨,它一定是在责怪

该死的命运以及那只

不知名姓的野狼

它在诉说,它一定是说——

唉,我不知道春天里

也会有……

2017.5.14

室内

窗帘之外,还有另一层窗帘

毫无争议,在两层窗帘之外

即是所谓的窗——透明的玻璃和

白色铝合金边框

按某种几何形状,用现代工艺

制造的一种物体

它或浅或深,嵌入墙的中间或之间

在窗帘和窗之间

还隔着常被忽略的另一样物件,它被叫作

纱窗,隐形的,时常

也会现身

在这三层,或者说四层之外

才是我想重点说一说的,它们是

今天的夜色和月光

它们与一些星星、树影和鸟叫

相互交融,成为一体

这多像一首诗与真理之间的距离

柏拉图说的

(不远,也不近)

其实,它们更像人与事物、爱情与冷漠

表象与本质之间的某种隐喻或关联,它们

阻隔，相连，遮蔽，朦胧
明亮，相连，断开，洞透可见
若即若离，藕断丝连

是的，我们突然撩开了窗帘，打开窗户——
我们就看到了月色，以及悬浮其间的
众多半明半暗的事物

一些风，和另一些风
从远处抵达，它们不明就里地
进入室内，扑面生香
这多像窗外的风景以及那个抽象、神秘、玄奥的名词

——真理

2017.5.14

罗生门（组诗）

颐和路

路边，那些即将死去的雪

正在死去，那些已经死去的雪

正在腐烂

诗人们说：它们——

正在甜睡，像纯洁而宁静的婴儿一般

那好吧，那好吧

但这无法改变事实和真相

它们早已死去

它们正在死去

世界依旧

道路活着，树木活着，路灯活着

大地活着，汽车也活着

那些民国建筑们

正在安度它们的晚年

月亮知道这一切

月亮知道这一切

它正从树杈之间,淡漠地打量着

它们

2018.1.30

罗生门

一座破败的庙宇

亦或牌楼

在疾风暴雨里,它仍然保持着

平淡和超然

这个世界故事太多

它听说过,也亲眼看到过

甚至它自身也曾上演过

无数的故事

或事故

在它身下歇息过的人们

何止千万

官员、武士、商人、猎人、农夫

妓女、和尚和樵夫

这些主角或配角，它们排列组合

会有多少故事的模式

而这三个躲雨的人

他们的故事是在讲别人

也是在说自己

而远在异域的我

竟也被那天早晨、那场古代日本的雨

打湿了

2018.2.26

窗外的风景

我们坐在了公交车的最后部分

颠簸轻微，不时稍显激烈
就像某些特殊的运动
但不一样的高度，让我尽览
窗外的风景
桃花在开，梨花在开，海棠花在开
李子花也在开
你我说不出名字的花儿，都在
此间、此时开放
"开得大而漂亮的花，一般不香；
而香的花，往往开得很小——
比如，米兰、蜡梅、桂花……"
妻子说着的话，仿佛是格言、民谚
或者诗歌里的警句
我开始深思：这是为什么呢？
（有点像《两小儿辩日》，
孔圣人也会为难）
妻子又说：
"我们很多年没一起坐公交车了
至少有十几年吧！"

(这是怀旧桥段)

好像真有这样的事,但到底是多少年——

十二年,十三年,还是十四年?

两个问题无法交集,第一条需要

常识和推理

第二条则需要追忆和计算

在长久的深思里

我忽略了那些大大小小的颠簸

窗外的风景也

一闪而过

2018.3.31

咒语

拔草,一个劲地拔草

菜园里的野草,草坪里的杂草

拔了一个下午,还没拔完

明天早晨继续

这就像一场赛跑，草总比人
跑得更快

浇花，浇菜，一个劲地浇
一遍，又一遍
没有浇完的时候
这是另一场比赛，你低估了土地
它的干渴程度
就像神话传说里的那个夸父
而你，你没有黄河
更没有北海

因此，你会看到许多弯腰拔草
或者浇水的人
他们没完没了地浇水，拔草
拔草，浇水
就像被施了无法解开的魔咒
那个施此法术的人

正在深山里沉睡,或者

已经死去

这些人里有我

也许,还有你和他

2018.7.14

晚宴

这个世界不需要

天才

是的,不需要

他们早准备好了刀具、磨刀石

还有生姜、大葱、茴香、椒盐、生抽以及

芝麻酱、芥末

天才,就像生鱼片

适合慢慢地片下来,蘸着吃

唉，都吃了几千年了
他们早已是
行家

2018.7.31

我说（组诗）

迷墙

我的眼睛无法穿透那些墙
你的也不行
黑色、蓝色和黄色的眼睛都不能
穿透那些墙
千真万确，一双眼睛不行
一百双、一千双眼睛
也不能穿透那些钢筋、砖块、水泥
砌就的墙

光也不行，风也不行，水也不行
它们都无法穿透那些墙
但梯子可以，镐头可以，时间可以

是的，它们可以
我们的腿也可以的，在它们还没干枯
且愿意不停地折腾之前——
攀爬，奔跑，跳跃

在墙的那一边，也许有着我们
希望之中的许多风景
还有与我们不一样地生活着的
那些人们

2019.1.6

夜色

夜色里，我迷离起我的眼睛——

天上没有太阳，灯光柔和
我手指尖的香烟以及
莫名的思念

它们制造了某种刺眼的光和亮

就这样吧
青春早像远逝的黑骏马,望不见腾起的尘土
也听不到马蹄声
而心竟像带着晨露的花朵
在第一缕阳光照射时
开放

没有人能够看到——
它开放,然后枯萎,凋谢
就像一声叹息

你没有听到

2019.1.6

我说

我有一千个桃园,一万株桃树,十万朵桃花
我是说每个桃园都有一万株桃树
每棵桃树都有十万朵桃花
——这还是不够的,对于这个春天

我所说的春天
我想要的春天

我还要一千座苹果园,一千座梨园,一千座杏园
一千座李园,一千座玫瑰花园
一千座紫玉兰花园
每个园里都有一万株树
每棵树上都有十万朵花
每朵花在每一天早晨都在含苞
然后,次第开放
——这还是不够的,对于这个春天

我说——
春天也是不够的
我要一千个春天,一万个春天

2019.3.24

山居:失眠者

山上的鸟和妖精们
已经熟睡了
老虎精、兔子精、狐狸精、蜘蛛精、蛇精、青蛙精
黄风怪、玫瑰花妖、枫树鬼王、松树魔君
都已经熟睡了
一只刺猬从落叶上
窸窣而过……
岁月静好,我是那个站在窗口
独自抽烟的人

2019.7.13

蚂蚁

夜半时分,一只失眠的蚂蚁
在大树下
叹息

它有一个未曾实现的梦想,率领一支蚂蚁军团
抬着一头非洲大象
环球旅行

这是一只亚洲蚂蚁
它从未见过非洲大象
也不是号令天下的蚁王——
它没有蚂蚁军团

这只孤独而倔强的蚂蚁
仰望树杈之间,那轮寂寞的月亮
发出一声叹息——

也许，在明天的风暴来临之前
它会带着梦想
死去

2019.7.14

卢新华说

卢新华老师说：一个人一定要找准自己
在宇宙中的位置

他收起了习惯性的笑容，表情严肃
如同没有温度和纹理的钢板
这个时候，他多像老家中学里的数学老师
在黑板上重申关涉高考的某条
定律或公理

一个人，他在宇宙中的位置
这话说的——

就好像我们是某个星系,或者是星系里的
某颗恒星、行星、卫星
我们是那位"小王子"
住在自己喜欢的星星之上
并自立为王

也许,他就是那个意思

2019.11.27

楔子论

你就像一个楔子。
木头的楔子,有足够的硬
也有合适的软。

一个楔子习惯保持的姿势和形状,由薄到厚
以及恰如其分的尺度
或者分寸。

你揳入。来自外部的某种敲打
或者与生俱来的愿望。
挤压与抗拒。一场虚拟的战争
两种呈现相反方向的力,纠缠在一起。

被揳入者,总是会留出某些空隙
如同诱惑、鼓励或煽动。
而抗拒仅是出于某种形式或仪式。
这总是需要的。
你们终于严丝合缝。楔子和被揳入之物
达成默契、和解,甚至
成为合谋者。

形而下的农具和家具,钉耙、锄头、铁锹
桌子、椅子、柜子、床
抽象的文字。一部小说或戏曲的开头,也需要一个
所谓的楔子。
把分离的一切,合为一体。
而自身,也由外在的一个参与者或旁观者

成为这个整体里的一个
不可缺少的部分。不可抽身离去。

你就是一个楔子。
材质不限，无论木头、橡胶或者纸片。
全部的特质在于——
有足够的硬，也有合适的软。
但绝非可有可无。

一切就是如此。
一切不过如此。

2019.12.9—2019.12.10

风声（组诗）

风声

窗外的树、树枝和树叶，在动
（很起劲地动，盲动，乱动
没有方向和目标地动
不由自主地动）
这是风
打开窗户，风吹到了我的脸上
有点冷
我还听到了风声
它们发出了冬天的风
才会有的那种声音——
无需拟声和描述
所有经历过冬天的人

他们都很熟悉

这样的

风声

2020.2.6

五月

艾略特说：四月是最残忍的季节

（这是《荒原》里的第一句吧）

而我，即使被五月和它的鲜花们所拥抱

包围、淹没

也要保持既不赞美

也不诅咒

这些放荡不羁的花朵

象征着那汹涌澎湃的爱情、革命和全部的美

自然的美、生命的美与伦理的美

忠贞、坚强、热情、冲动
菊花、兰花、红梅、迎春、山丹丹和杜鹃
早已一一开过
蔷薇花缠满了铁艺、石柱以及
木制的栅栏
美、恐怖和禁忌总是相伴而生
相得益彰

我要保持沉默,不动声色
为了防止黄鼠狼、毒蛇、鸡鸣以及狗叫
一切必须如此

关于五月,艾略特什么也没说
我也是

2020.5.3

俄罗斯套娃

佛说:三千世界

安徒生说:
每一朵花里,都有一个王国
一个男孩或女孩做着
它的国王

诗人说:
每一粒飞扬着的灰尘里,都有一个大千世界
(它是一个沙漠吗
自带河流、湖泊、绿洲、骆驼、旱獭、刺猬
沙枣、红柳、白杨树
以及数不尽的沙子)

我说:
一个大世界里会有一个小的世界
一个小的世界里还有

更小的世界

一个大的世界之外也还有

更大的世界——

是的，它们就像俄罗斯套娃

这些数不尽的俄罗斯套娃

它们挤挤挨挨，站满了一桌子、一床、一整个客厅

它们站满了所有的花园

所有的操场

所有的公路

所有的平原、高原、沙漠和丘陵

它们挤满了整个

世界

2020.10.9

日出

日出,没什么好写的

太阳照亮了远处的屋顶、树冠以及墙壁
那些花朵盛开着的
竹篱笆
那些大路和小路
那些没有红帆船的小溪、江河、大海
那些空中的飞行之物
那些生长盐蒿、茅草和芦苇的海滩
潮水已退,海滩上
每一个小水坑都像极了一面
闪亮的镜子
每一个里面都深藏着
三个太阳
此刻
在西部的群山之上,正是群星闪耀
森林里的鸟儿们

在它们最后的睡眠里

重复说着与白天有关的梦话

太阳终将也在那里升起

日出扶桑

它现在上升得还不够高

只比地平线高出了那么一点点

它只能先照亮或照耀

这些近处的事物

那些心里还装着阳光的人们

他们此时站立在

所有阴影以及黑暗的深处——

他们正在进行着另一场

日出

2021.8.8

2021.8.28 改定

致屈原

你怀抱着那块听话的石头
沉入了江底
就像一个人习惯在睡眠时
抱着他的菊花枕头
这是一块楚国的石头吧
来自楚国的山上
吹楚国的风，淋楚国的雨
也晒楚国的太阳
你选中的这块石头，一定经过了精挑细选
以诗人的审美、贵族的精致和
政治家的眼光
你确定需要一块石头的陪伴
这一定不是因为，你从小水性太好
或是为了制造更大一些声响
惊醒那些沉睡或醉卧不起的人们
（此时，在郢都的大街上
有人在马背上大笑

有人在大树下哭泣

有人把佩剑卖给了铁匠

有人对着太阳举起了他的酒杯

那时酒杯叫作樽)

而水呢,也是楚国的水

它们装盛在一条叫汨罗江的楚国河流里

它的河岸上遍植香草

每天有美女在浣纱、采莲、唱歌

这条从楚国歌谣里流出的河流

与洞庭相通,与长江相通,与大海相通

屈先生,你不是喜欢问天问地吗

那你也一定想象过那些遥远的所在

只是此生,身不能至

你为什么会需要一块石头

或许,你只是想把自己定格在

楚国河流的底端

从此,不再像一名逐客

四处流浪

也不像船舶、断木、枯叶、落花和浮萍们

随着那些不确定方向的风以及浪

摇晃、漂泊、沉没——

或许,你带着一块石头

只是想携它一起远游

沿着汨罗江,出洞庭,顺长江而下

直到此生你未曾梦见过的

那片大海

2020.6.25 端午节

2021.8.14 改定

喜剧演员

你是一名喜剧演员

你微笑着死去,没有恐惧和颤抖

没有求饶,请求宽恕

你的笑话,一直说到最后一刻

刽子手也被你逗笑了

面对死亡,仍然能够说笑话的人
你也许不是第一个
但你却为世界所熟知
你一定不知道吧

你割开的喉咙,像一张咧开的嘴巴
它也在笑
一张嘴巴不够用
那就创造出另一张用来笑的嘴巴
哦,那些微笑、嘲笑、苦笑和大笑
多像人世间那流不尽的血

你是一名喜剧演员

2021.8.25

喜鹊登梅

黎明如一只灰鸭,浮起于

黑暗之深渊

那些建筑、树木、道路、汽车、自行车和路人

那些开窗、打喷嚏的声音

也渐次浮现

阳台上的玫瑰和兰花也是

它们一个开得正好

一个还没有打算马上开放

就在此时

一只喜鹊站在了高高的屋顶之上

（这比所有的树以及它们的树枝更高

包括那些红梅）

这还不够

它又跳到屋顶的太阳能热水器上

前后摇晃着，像跷跷板

如果需要，它的短喙会发出"喳喳喳"的声响

据说，这单调而枯燥的声音

可以预示人们的如意和吉祥

一天、一个月或者一年的运程

全由它们决定

（可惜，屋顶上如果有一株红梅
那就更为应景）
在它沉默和犹豫的缝隙之间
忽然，众声喧哗——
在所有的道路、河边、山坡和花园里
那些有意义和没意义的鸟鸣之声
早已响成了一片

2021.11.3

魔门

它，随时可以打开
在某天早晨或
日落时分
夜半也是可以的
如果南风、北风、东风或西风不那么紧
兰花、凤仙花、蜡梅、菊花的气味
正好合适

但只有一次,不是一天
而是一生
这是规则
佛陀和菩萨的旨意
上帝的戒律
天上神仙、魔鬼以及地上的妖怪们都得遵行
魔门之内,是什么样的风景和生活——
繁花遍地
黄金铺满了所有的大路和小径
河流里,流淌着牛奶、咖啡、葡萄酒、可乐和蜂蜜
苹果树、梨树、樱桃树或桃树们
有的已经结果,有的正在开花
没人知道这些,也没人会告诉我们
那些走进门里去的人
再也没有回来

2022.7.17

在鼓浪屿

他们指着某个方向,说
那是金门岛
烟雾蒙蒙,海面向无限处延伸
我什么也没看见
(不过,我喝过金门高粱酒
不止一次)
他们又指向更远处,某个虚空
他们说那里是台湾岛
我还是什么也没看见
海浪拍打着脚下的沙滩和礁石
仿佛正在彼此交谈
我知道,它们去过金门
和台湾
即使海水底下的那些鱼虾们
也一定有此履历
现在,我要做的选择是
在一个阳光灿烂的日子

再来鼓浪屿
(海上有风,没有雾
海水澄碧,帆影点点,海鸥翔集
即使不是汛期
海底的鱼也在南来北往)
那样,即使没有那些手指
我也能看到金门
以及台湾

2022.8.3

第二辑　飞行之箭及其他（2000—2009）

抽象主义（组诗）

毒药

古人的毒药

在宫庭和

民间

被广泛地使用

作为药物

或者阴谋的一部分

它们是不可缺少的

这些白色的物件

有灵魂一样的颜色

它们来自植物

或者是地下的矿产

它们被写进正史

和野史

在民间传说里流传

直到今天

作为我们不可认识的事物

它们神秘莫测

若隐若现

2007.2.9

雪

那些雪

被叫作残雪

它们折断了翅膀

早已不再会飞

在河谷、屋顶、树枝或者马路上

它们正在融化

或者说腐烂

在阳光下

或者在夜晚

它们一点也没有停止

这唯一的

也是最后的运动

2008.2.9

某种飘浮或飞行之物

它在空气之上

它比空气更轻

它升高或者

飞翔

有时，东倒西歪

像一个喝醉的人

它呈现球形

或者某种脸谱的形状

它在群楼之间

它在树林之上

运动或者

栖息

没有明确和固定的方向

也不发出任何的声音

它在头顶之上

它在群星之下

它变成流动的空气

变成了风

变成了无形之物

它不可触摸

但是，在视觉或者触觉之外

它依然存在

2008.4.8

飞行之箭

它抵达

或正在抵达

它还没有抵达

它将抵达

它只有抵达

它是飞行之箭

它们是飞行之箭

它们被铁匠和木匠一起制造

它们在将军和士兵的箭壶里

睡眠或者醒来

它和它们

从手臂和指尖上出发

从铁的弓

以及丝的弦上出发

有如飞蝗

然后，它抵达

出发或者抵达

这只是某种宿命

它们抵达肉体、石头或者树木

它们从肉抵达肉

从木抵达木

从石头抵达石头

从铁抵达铁

或许,它们还会飞过城垣

飞过河流

飞过树林

像一些死去的飞鸟

坠落在冰凉的泥土上

或草丛里

"平明寻白羽,没在石棱中。"

其实,它们不会每次

如此幸运

或者不幸

2008.4.10

偶像

木头、土、石头、玻璃

以及铜

这些都是最基本的材料

或者说元素

它们常常用来制作

平凡、实用甚至非常卑微的物件

可是，这一次

它们被制成了偶像

现在

它们不再是

木头、土、石头、玻璃

或者铜

这是某种结果

（幸运或者不幸

神圣或者卑贱

光荣或者耻辱

也都一个样）

应该说

它们被制成了偶像

这只是一次偶然

或者说，例外

2008.4.10

《圣经》上说

你仰面朝天

你们仰面朝天

他和他们仰面朝天

我们仰面朝天

白的脸、黄的脸、黑的脸

以及棕色的脸

仰面朝天

黑死病的脸

黄疸病的脸

白癜病的脸

以及一切变形的脸

仰面朝天

最丑陋的脸

和最美丽的脸

仰面朝天

"太阳照好人

也照坏人"

《圣经》上说

这些，你和我

早都知道

太阳照着世界

太阳也照着人类

太阳还没有照着的那些人

他们可能还在夜里

2008.4.10

明代女尸

它曾经为丝绸

所包裹和覆盖

它曾经被一双温柔的手

抚摸和疼爱

它曾经白皙、柔软

有着平和的温度

它经历贫穷和苦难

（比如，到远处汲水

背负柴薪）

它曾经荣华和富贵

（比如，宝马貂裘，钟鸣鼎食）

它曾经艳压群芳

它曾经历算计以及嫉妒

它曾经快乐或者悲哀

乞求或者施舍

接受或者拒绝

它曾经是她

2008.4.21

汉语语法：关于挖土机

以下，是关于挖土机的

语法分析

挖：动词

土：名词

挖土：动宾结构

挖土机：偏正结构

当然，也是名词

它停在那儿

只是静止

只是一个名词

更多的时候

它在动

（但它不是动词）

它在动

一个劲地动

一刻不停地动

不过

它竟然

还是一个名词

2008.5.22

苹果树

透过苹果树

你就可以看到

树之外

看到树之外的

风景、人物以及可能的场景

这一切

如此简单和直接

只要透过苹果树

一切尽在眼前

但在此前

你必须抵达它

在你抵达前

这棵宿命中的树

它可能没结果实

也没有开花

它也许长满了叶子

也可能

它还没长上叶子

2008.10.5

长途车站

这里的每一辆车

都可以带你到远方

或者近一点，或者远一点

但肯定都是远方

你跳上任何一辆车

向南，向北

向东，向西

（横渡河流，穿透大山）

你就会到达远方

你可以从一个长途车站

到另一个长途车站

这样，你就可以到达更远的远方

经验告诉我们

远行是容易的

经验还告诉我们

不远行

当然，会更容易一些

2009.4.17

关于一场雪的叙述(组诗)

亚东的门

亚东有一扇门
今夜会为我打开

石头的门
木头的门
竹子的门
水做的门

我摇响我的铃铛
像一匹马奔跑时那样
那门
应着铃声

无声地打开

打开

像大河或者海里的某种贝类

亚东有一扇门

今夜会为我打开

石头的门

木头的门

竹子的门

水做的门

亚东的周围

有许多可爱的小山

2000.9.16

关于一场雪的叙述

今天,我坐在阳台上
准备完成
关于一场雪的叙述
它是这样的一场雪
颜色:洁白
形状:六角形
速度:中等
如同所有的雪
它不大也不小
不紧也不慢
时长:傍晚六点开始
早晨某个时间结束
结果:它完成了对草地、道路、房屋
以及树木的覆盖
意义:这种行为或者动作
具有不可言说的意义
就像某种行为艺术

我的叙述到此为止

最后,让我感到困惑的是

那道闪电

以及后来有些沉闷的雷声

像有人正在推动石磨

(我以为是幻觉

但晨报的新闻给予了证实)

对此现象,如何用科学

或艺术的方法

进行合理的解释

这是关于一场雪的叙述

地点:某南方城市

时间:某个春天

特征:一场不期而至的雪,伴随着

雷声以及闪电

2003.2.12

隐者

你穿布衣,黑色的
或白色的

你穿草鞋,茅草、稻草
或者麦草打的

你准备把自己装扮成打鱼人
还是砍柴人

小船、渔网、钓竿、蓑衣和柴刀
早就备下
你缺的只是一顶麦秸草帽
金黄色的,后来被雨水
淋成了黑色

你啊,每天钓鱼、砍柴、种菜、锄草、浇花
下棋、读书、睡觉

喝酒、弹琴、唱歌
你骑上你的瘦毛驴
带上酒葫芦
到不远处的集市上沽酒

你住在山顶、山坡、山谷、水边
一切得看你的兴致
你是喜欢松树、竹子、芦苇、菖蒲
还是鸢尾花
不过，菜市场的边上和老城墙根下
也很不错

你的老婆
每天给你做饭、倒茶、洗衣、纺纱、织布
捶背、挠痒、焐脚
就看在这些分上
你也该去面见当今的圣上
讨个翰林或知县做做

每天,你用山里最干净的溪水
洗刷你的耳朵和臭脚

它们啊
一个超凡脱俗
一个却不得不在尘世上行走

2009.4.17

在东郊

东郊的夜晚,如此黑暗
就像你的身体里
我看不见的那些部分
但我看见了
近处的树木以及它们的枝叶
它们是墨绿色的
在远处
另外的一些树木

呈现黑色

它们像东郊

也像我的身体里

你看不见的那些部分

不过,我们终于看到了一束灯光

让我们充满喜悦和恐惧

在黑色或绿色之间

它们穿行而来,又洞穿而过

像蛇一样柔软

又像剑一般锋利

它们近了,来了

在我们的身体之上

跳跃或滑动,有着蝴蝶一般的灵巧

它们无声无息

是啊

就在此时,以及此地

(我们的身体里注入了光明)

它们合二为一

或者分开
但在它们的内部
或者说深处
黑暗依旧
我说的
当然，还是我们的身体
（你的，和我的）
以及它们的内部
不是东郊

2009.10.7

情书(组诗)

情书

大雪在我的眼睛里弥漫

那是北国的雪

那是川端康成的家乡

在大雪里沉默

或者奔走的是树

以及山

以及房子

以及火炉和书架

以及别的一些事物和人物

而我仅是一个异国的观看者

一个物质化了的

现代人

坐在皮质的转椅上

为那些虚幻的故事

一次次感动

然后羞愧

2001.12.5

看法国《时装频道》

漂亮的活动衣架

像影子一样

走来走去

在一台29寸的电视上

在黄金海岸大酒店

这是无锡

不是巴黎

不是非洲的某个海岸国家

而我是一个中国人

一个记者

或者大学教师

今夜

我要在此安家

与这些不知名姓的模特儿

消磨晚宴后剩余的时光

2002.1.24

英雄

海格力斯是个英雄

一个正在生长的

英雄

有时会像小丑

显得可笑甚至滑稽

但还是无名小辈的

海格力斯

认定自己是个英雄

一千年才出一个

他要打败怪兽

他还要打败一群怪兽

他要成为大陆或者岛屿王国里

所有英雄中最大的英雄

就这样

海格力斯踏上了英雄之路

一条光荣的荆棘路

安徒生说

他的行为

让生活在没有英雄时代的人们

羞愧或者感动

我与我的女儿坐在一起

看一部关于海格力斯的卡通片

我告诉我的女儿

英雄不是一种精神

他是我们的生活中所匮乏的

某种物质

2002.1.28

米尔卡

米尔卡
他有卷曲的头发
这是耻辱的象征
这是某次罪恶的结果
这是众多庞大罪行中的一次
不是唯一
也不更特别
米尔卡在山上放牛
他热爱牛,热爱飞鸟
以及那些会唱歌的生物
他还在寻找他的妈妈
村庄里的人们希望他死去
他们甚至制造意外的死亡事件
比如纵火
因为他的活着
意味着罪恶的永生
意味着记忆,像毒菌一样生长和蔓延

米尔卡还在寻找

他要找到他的妈妈

这罪恶的承受者和滋生者

而爱

像阳光一样

最终,照亮了乡村的一切

照亮了米尔卡

他的妈妈

和祖母

以及乡村的人们

2002.8.27

有关向日葵的十四行

它与太阳无关

它与春天、秋天以及花朵无关

它与土地、雨水以及风无关

它与水牛、山羊以及乡村无关

它与父亲和蜜蜂无关

它与绘画、诗歌、音乐以及美学无关

它与崇高、忠诚、崇拜、爱情无关

它与政治、时代、人民无关

它与孤独、倔强、压抑无关

它与食品工业和现代商业无关

它与广告以及历史无关

它仅仅就是向日葵

种植和收割

只与手或手里的那把镰刀有关

2007.10.17

向诗人食指致敬

你从一个黑暗的年代里走来

你从精神病院里走来

你从特殊走向了一般

又从一般走向了特殊

在黑暗里，你是光亮

在光亮里，你是擦拭不去的那片黑暗

你被埋入泥土里

你是石子或者沙子

你被挖掘出来

你又成了

化石或者文物

有人称你诗人或诗歌的标本

可怕的比喻

让我想起了医学院的实验室

有人封你大师、先知、英雄

其实，你什么也不是

你只是我善良、质朴而贫穷的大哥

饱经磨难和岁月的风霜

却良知未泯

而诗歌，对于你

只是一种笨拙的表达方式

就像一个口吃的人

他固执地坚持说

单口相声

2009.10.24

第三辑 由东向西,由南向北(1990—1999)

某种飞行（组诗）

昨日之歌

在时间的河滩上
　　往事是一些石头
　　　　是散漫的羊群

我热爱羊群
我热爱石头
我是这些羊群和石头的主人

我用石头垒起羊圈
　　石头的羊圈
我把羊赶进这石头的建筑
然后吹响哨子

我有水做的舌头
  能发出河流的声音

在河流的歌声里
我安静地入睡
梦见另一些石头
另一群羊群

1996.11.14

纪念

我又开始写诗
我的当铺又重新开张
在高高的柜台里
我是我的老板
又是我勤快的伙计

这些旧的绸布衣物

古老的农具

烟枪和姨太太

甚至还有耕牛

这些都是诗歌的原料

我将他们抚摸

就像是我的儿子或者女人

他们一声不响

像沉默的哑巴

或者善良的仆人

我看不见的朋友

我又开始写诗

那些平常的事物

以及你们简朴的热爱

让我的心充满了无边的温柔

1996.11.14

祈祷

这些打扫落叶的人
这些秋天的清运工
他们在早晨九点钟的阳光下
挥动着他们的扫帚
落叶像一群受惊的老鼠
在脚下吱吱乱窜
一个宁静的早晨就这样消失
早晨九点钟
我走在这条路上
我听到神秘的风声
我知道我心中的小路上
也已洒满落叶
不要挥动扫帚
不要打扫
让他们静静地飘落
一天天积得厚厚的
好做我冬天的眠床

躺在这样的床上

我会梦见

那些萌芽开花结果的季节

1996.11.30

像光一样

像光一样

这是一个故事

像光一样

用自身证明自身

像光一样

没有腿比所有健壮的腿都快

像光一样

能像刀一样刺透

又能像蛇一样转弯

像光一样

没有翅膀也能飞行

像光一样

没有爱情也能很好地生活

像光一样

可我是一只飞虫

1997.1.15

某种飞行

我在空中飞行

你看不见

在天空和泥土之间

我更接近泥土

你看不见

我在一棵树之上

在另一棵树之下

我从这一堵墙穿过

然后出现在另一房间的窗口

你看不见

你盲人的眼睛无从看见

我昼夜飞行

我昼夜飞行

翅膀一动不动

更不发出任何声音

1997.4.12

致父亲（组诗）

致父亲

1

在这个三月的早晨
父亲在海边的地里劳作
耘田、育苗或者
拔去麦地里的杂草
那一片我和我的父亲
曾经一同赤脚走过的土地
依旧凉得像捕鱼时
漫过脚面的河水

我怯懦的父亲
你的一生注定一无所成

除了捏紧锄把

或者抛撒渔网

你砸在脚背上的汗水

响成叮叮作响的镍币

你收集这些不再流行的镍币

已经很多年

如今,那小四间的瓦房子

屋后的牲口棚

房间里的木器

儿子的书籍

到处闪烁着镍币的光泽

跟你一样

你怯懦的儿子

只会读书写字

在一个南方的城里

在教室、图书馆或者四个人的宿舍

透过书页漫长的隧道

他会听到你

坐在田埂上

叹息或者抽烟的声音

2

父亲,把五月的鲜花

都堆在你的脚下

你也不会微笑

海边的风和太阳

燃起的大火

把你的脸

烤成泥土的黑色

而皱纹

就像这江南的土地上

欢乐纵横的河流

你背手从田埂上走过

父亲

在故乡的人们中

你是我最为记挂的亲人

父亲
你的腰痛
你的失眠
你的腿病
让我彻夜地思念
还有那辆旧的自行车
没有铃铛和刹车
每一个部件
都叮叮当当
骑着这辆1956年的老车
在乡间的油菜花
拥夹的小路上
你的裤腿上
会沾上露水和一些
   金黄的颜色

1995.3.25 南园

父亲

我看到我的旧衣服
穿到了父亲的身上

父亲
你花白了头发
却有个年轻人的背影

我的旧夹克我的羊毛衫我的旧裤子
我的旧皮鞋
甚至还有一顶不再时兴了的帽子
这些全派上了用场
到了父亲的身上

这些多像多年前的情景
我穿你的大皮鞋
还有你长长的衣服
背着手走来走去

叼一根香烟
假装咳嗽
学你的模样
父亲
今天你是不是也在把我模仿

在父亲的晚年
我忽然觉得我们成了兄弟俩
我是哥哥
他是弟弟
在我的面前
父亲常常像个害羞的少年一样微笑
你背着我偷偷地抽烟
也像个少年

爸爸……

1996.11.17 北园

爱情故事（组诗）

胃病

我把爱情像只钉子
　埋在我的胃里
这是我的胃病
　　是我一个人的秘密
一只无法消化的钉子
不是牛肉、面包、菠菜、螃蟹
　　面条、米饭、基围虾或者新鲜的鲫鱼汤
我的胃年轻有力的蠕动
把它打磨得闪闪发光
一只真正的铁钉子
我的胃一辈子无法把你消化
流血或者穿孔

医生无法看见

仪器无法看见

父亲无法看见

妻子无法看见

我把爱情像只钉子
　　埋在我的胃里

这是我的胃病

是我一个人的秘密

直到有一天我安然死去

也没有人知道

我的胃里有一只钉子

它将在我的坟墓里陪伴我
　　活得像我的骨头一样长久

1996.11.13 北园

在这样的时候

在这样的时候

阴天或者晚上

我把你像一杯茶一样忆念

这样的时候

你不会到来

就好像小说中

  一个注定不会出现的人物

在另外一种背景下

你偶然出现

你再次出现

你反复出现

而我已经离开

在另外一部小说里

把你终身无望地守候

1996.11.15 北园

无题

我在为你写诗

仅仅为了你的阅读

我像一只幸福而辛勤的蚂蚁

每天伏案工作

仅仅为了你的阅读

而后人会记忆我这些幸福的时光

会叨念你的福荫

像一棵古老的大树

将他们以及那么久远的历史浓浓地遮蔽

1996.11.15 北园

爱情故事

你留下了你来过的痕迹

像一只森林里的小兽

它走过后

  留下了气味

在风里在秋后的草和花上

这些好闻的气味

经久弥漫

你留下了你来过的痕迹

就像水杯上的指纹

在你不经意的时候

被久久地铭刻

我是黑夜的一名侦探

我是秋后的一只猎犬

我要把你跟定

你来过的地方

我会来到

你即将要去的地方

我已在把你等待

你已惊恐地发现

我要把你跟定

我已把你跟定

我是你命中注定

　　甩不掉的一条尾巴

我是光亮中你的影子

我把你跟定多年

是很多很多个年头
  像一个故事一样
    这些就变成了爱情

1996.11.23 北园

我们自己埋葬幸福

这样的时候
不会有很多
幸福从来不会有很多
这我知道
这我知道
在我们的身边
许多美好的事情
    就这样消失
像走入山里的羊群
我们不知道
谁是把它们赶走的牧人

那么多的牧人

他们要赶走我们的羊群

我们的羊群

我们的羊群

待我们一无所有

他们还要把我们围住

  抱着手

    哈哈大笑

1996.11.26 北园

这么多的落叶

这么多的落叶

多么像我昨天的心情

我的妻子

我的脸上印着爱情的痕迹

你要原谅我

原谅我这么多年来的落寞

我没有欢乐

从不开心

我要把这些落叶用扫帚扫去

一点也不留下往事

我要像一颗掉下的树种

我要重新生长

  长成一棵大树

我的妻子

这样的事多么让人感动

你要知道

我做着一件多么了不起的事情

我的妻子

我的脸上印着爱情的痕迹

我要带着它们去见你

让你惊奇地看着我

  然后把我拥抱

1996.11.28 北园

我们的房子

我们的房子很小
放不下太多的东西

我们的房子很大
它放得下爱情

我们的房子是别人的
它的墙壁、窗户和门
都写满别人的名字
但空间却为我们所有
这是房子的本质

我们在本质中生活
像木头中的软体虫类
挖掘或者思考
都与哲学无关

有一天我们老了

而我们的儿子依然年轻

他会碰到很多可爱的姑娘

她们会爱他

会为他流泪

但只有一个姑娘

  让他感动一生

这一切多像我们当年

这时

我们早是一对老年的夫妻

坐在房子里

像年轻时一样吵嘴

1996.12.16 北园

皮手套（组诗）

寂寞有多重

寂寞有多重

它在我的左手上
在我的右手上

现在
它在我的右肩
它像一只蚂蚁
沿着我的右耳朵
到达我的头顶
它落在我的左肩
它有多少活力

它还年轻

呵

它在我的背上

像我可爱的儿子

寂寞有多重

你知道

我也知道

1997.10.2

城市上空的鸟群

昨天下雨

  今天还下

下午的时候

雨停了

太阳从西城出来

一张红红的圆脸
　　像个醉汉

这是日落时分
城市的上空出现黑色的鸟群
它们飞着
一会儿低，一会儿高
在一幢幢老屋的上空
在楼群的缝隙间
　　它们忽隐忽现

三五成群的人们站在天桥上
看鸟类的飞行表演
还有一些人躲在阳台上
或者玻璃、铝合金和窗帘的背后
这些可耻的逃票者

它们的飞行技术真好
让我们这些不会飞的人看了

简直没什么好说的

那是一群什么样的鸟
叫什么名字
家在哪里
它们的家要不在北京
天黑了的时候
它们到哪里去过夜

一个老头说：
（他可是个地道的北京老爷子）
那是乌鸦
它们的家在白杨树上

那些北方的白杨树们
高大，挺直，直指辽阔的天空
一到冬天全是枝丫
在雪后，霓虹灯闪烁的那些晚上
乌鸦们是树上一声不吭的

叶子

1998.2.25

皮手套

我从宁夏买来一双手套
（皮的，羊皮的）

它是一只羊
还是两只羊
还是若干只羊
制成
那些散漫在草原上的羊
会跑动
会叫
还会繁衍

就是这些羊

有超出自身的价值

（比如这漂亮的羊皮手套）

这是一个与环保无关的话题

我只是说

在草场、羊与手套之间

在牧羊人、制革工人以及

卖手套的灵武小姐之间

它们如何建立

那些看不见的关系

1999.1.9

第四辑　潜流（1982—1989）

意象和抒情的年代（组诗）

星星

黎明
我摘了一篮子星星
撒到了河水里

石子般地沉下去
没有溅起一丝绿漪

像黄色、绿色的水果糖
溶了吗
我拨开水找寻

黄昏

她们像快乐的小金鱼

憋不住气儿

悄悄浮出了水面

哦,一河调皮的孩子的眼睛!

1982.10

海滨城堡

手拉着手

我们来到海滨

用沙子和鹅卵石

我们垒起一座庄严的城堡

然后,用一朵海边的黄花儿

作为它的旗帜

一个贝壳做成的士兵

在城堡的旗下

向大海那边眺望——

我们放飞的纸船儿

快乐的蟋蟀

弹吉他的水手

什么时候

唱着歌儿归来?

1985.11.2

小春天的谣曲

水田里的田螺叫了

小春天又来了

鹭鸶细长的黄腿

在小溪里

测量着季节的深浅

敲碎铁的螺壳

到大海去

甜蜜地呼吸
  搂着温柔的月亮
  作裸体的舞蹈
河水会蓝起来的
阳光也会更响亮
白色床单已死
好朋友，你听到了吗——

小河里的田螺叫了
小春天又来了

1986.3.7

片断

一匹斑马
  走过热带草原
    季风追着它的蹄印

一群斑马
　　走过了草原

（草原翻卷开绿色的鬃毛）

一群狮子
　　走过了草原

（于是，草原沉寂了）

一只雄鹿
　　从草丛里探出了
　　　　惊悚的鹿角

1986.10.23

超感觉：背景

荆棘从睫毛里长出

我感到太阳
　　　正在升起
许多恋爱的人
从我的睫毛前走过
一条小路
　　　便从我的脸上
　　　　　蜿蜒开去

这是早晨
　　　耳膜上流淌着鸟声
　　　　　像湿漉漉的花瓣儿
我感觉到一棵树
　　　正在我的牙缝间生长
　　　　　后来结了一树果子
它褐色的投影
在秋日煦暖的广场摇曳

我很幸福
　　　尽管我孤独

不管白天或黑夜
　　总有人伏在我的肩头哭泣
我是电影中苍凉的背景
　　为一切情人提供
　　　我也想哭了

于是，一条小溪
　　从我的脚趾间
　　　向东流去

1987.4.3

诱惑

河滩上
一条蛇白色的骨骼
像一根腐烂的亚麻绳
一碰就断

一只青蛙趴在河边

苍蝇一群群飞来
苍蝇一群群飞来
苍蝇一群群飞来

一只青蛙趴在河边
一动不动

1988.4

生命意识

为了体验存在
我咬了咬第三个手指
指尖开了一朵花
我怀疑那是树的一个部分
在一个春天
我们坐在丛林里

在一棵最高的树丫上

不想有第三个生命走过来

我们的毛发在滋滋生长着

像植被覆盖全身

眼睛鼻子嘴巴

浆果兀自掉落下来

敲打着亘古的宁静

太阳在绿色的森林之外

风车一样旋转着

我撕下一片叶子

我撕下另一片叶子

我撕下第三片叶子

而你默默无语

在啃一根嫩树枝

太阳在绿色的森林之外

风车一样旋转着

1988.4

阴天读书

在那些阴天里
我独自在潮湿的小阁楼里
读一本书
　　关于阳光和爱情

一只老鼠在房梁上
　　打瞌睡
我听到遥远处
一个人的喊叫声

后来，我打开糊好的窗子
看到一棵树
　　在风里摇动

在阳光耀眼的南美丛林
（或者书上的第109页）
一个姑娘金色的胴体

正花朵一样开放

1989.2

北极地

红色的太阳辘轳般地旋转
在北极地

苔藓在梦中的大陆上蔓延
变成丛林以及雨林
枝丫和枝丫间
憩息着猿猴、巨蟒以及穿迷彩服的山雀

探险船在冰上划下
美丽的辙印
狗的骨头
闪着冰一样的寒光

沉睡的海

你的梦凝固成山

随着洋流飘向亚热带

极光闪过

一座冰山崩塌了

远远的一只海狼

长长地哭泣

爱斯基摩人点亮渔灯

在冰的小房间里

原始的爱情火一般

  烧红黄昏

墙上的鱼叉像僵直的手指闪着幽蓝之光

蓝色的月亮陀螺般旋转

在北极地

1989.3

素朴的或者感伤的诗（组诗）

故事

父亲给儿子
　　讲了一个故事

父亲的故事
　　是听爷爷讲的

儿子还会把这个故事
讲给
　　他的儿子听吗

1984.3.6

渔夫的故事

所罗门认识渔夫
魔鬼也认识渔夫

你这老头被吃了
也是活该
只是你那老婆子
还有年轻那阵子的风采
不是魔鬼生性吃人
是这海太大了
一辈子也只能在
海滩上打鱼
望海上的风云

所罗门忘了你
魔鬼也忘了你

你最倒霉的日子

是渔网边上留下了破洞

1984.6.22

太平洋，澳洲沉没了

多想找一个地方
　　　抽一支烟
　　　　　再大哭一场

回想过去
　　　天天刮风
　　　　　划不亮一根火柴
太那个窝囊

抽一支烟
　　　再满足地大哭一场
眼泪里倒映着一棵
矢车菊

那么小，那么黄

掠过檐角的风
　　带走纸片一样的云
朋友
拍拍屁股离去
　　长长的一个口哨
　　　　抛下一个冒烟的烟蒂

这世界不算坏

只恨如今
澳洲沉没了
　　角落里挤满了
　　　　啼哭的袋鼠

1986.7.29

一个人默默坐在他的藤椅上

如果你想流一会儿眼泪
当你孤坐窗前
你就流吧
藤椅化为礁石
响起潮汐的澎湃

夜像雨一样落下来
鸟儿裹紧羽毛
你把满天的蝙蝠
看成了海鸥
用拜伦式的热情开始讴歌

有人轻轻敲门
是那猫似的月亮
轻轻推门进来
蹲到你的腿上
你开始温柔地抚爱

她像情人依偎你怀

银灿灿的月光

抚摸着你的耳朵

忽而,响起了退潮的声音

猫挣脱了你的手

树扬起了黑帆

悄悄启航远去

海鸥追逐着帆船

再也听不着啼叫

你坐在你的藤椅上

一个人默默流了一会儿眼泪

1986.9.17

女人集

我认识一些女人

她们有着长长的头发

不流泪的时候

她们楚楚动人

也让人爱怜

她们也盼个好丈夫

最好别抽烟别喝酒

别讲粗话，等等

可她们不知道

这往往不是马背上的好男人

我认识一些女人

没出嫁的时候

她们爱漂亮也爱挑剔

会指着男人的脊背大加评点

可她们还是嫁了出去

丈夫也不是那么可心

她们有了丈夫

就躲进丈夫的大袖管

后来
　　就会怀上孩子
她们便开始学着
把旧衣服撕成尿布

我认识一些女人
温柔且漂亮
她们还没有出嫁

1986.10.17

远行

你远行回来
有一些信在桌上等你
蒙上了灰尘
你试着拆开
你会很幸福
　　会大声地叫喊

不管是谁的信

敌人或者朋友

你想

假如你永不回来

房间的门就那么锁着

那些信会等上一辈子

灰尘满面

   仍在将你念叨

1986.12.7

作品第一号

今天晚上

你的面容很是平静

天在下雨

你的睫毛很长

我想

  我该说些什么

嘴唇天空一般缄默
　　　　庄严

轻轻地你站了起来

把去年的瓶花

　　扔到了窗外

夜更深了

隔着窗子

一些淡红的东西在雾里模糊

我说在晚上干点什么呢

那些猫头鹰

你点点头

你没有说话

你从来就没讲一句话

你为什么不讲话

夜更深了

　　我点燃一支烟

我想

　　我该忘记一些事情

远处，寺院的钟声响了

钟楼上的时钟

在黑暗里闪光

1987.2

县城记事

很多年以后

是否还有人记得

这么一天

一个人曾打这条街走过

在雨里步行

他没有伞

路上的行人们，如雨花纷飞

不会有人记得

这么一天

在很多年以后

一个人在街上寻找另一个人

车站的广告牌上

贴满了寻人启事

雨下个不停

书店的玻璃柜里摆着过期的杂志

美人们的微笑因年代而褪色

水果店里的葡萄

在众目睽睽下腐烂

香烟烧焦了经理的食指

算盘上仅剩一颗珠子

电影院的上座率 23％

这一天

雨下得很大

它从早晨下到中午

又从中午下到傍晚

它还要下到午夜和天明

你不会记得这么一天

这么一天

你要上班,你要读书,你要约会

有人记得

有人记得

1987.7.18

速写一幅

一个胖子看着一个瘦子

瘦子正在讲话

另一个瘦子在弹烟灰

太阳照着他们

他们不予理睬

太阳就这样照了好久

后来一个瘦子挥一挥手

胖子也挥一挥手

另一个瘦子扔了手里的烟蒂

一个瘦子和一个胖子

一起走了

一边走一边说话

另一个瘦子也转身走了

朝着另一个方向

地上

留下三个熄灭的烟蒂

   一个胖的

   两个瘦的

1988.3.10

静穆

就这样

你坐在我的对面

低着头

读一本带彩色插图的杂志

你一直低着头

不讲一句话

我们还相当陌生

陌生使我们安全和亲切

你的眼睛不会讲话

你的手指不会讲话

默默地坐着

水杯、桌子以及椅子像驯化的兽类

它们温柔而驯良

一声不响

默默地坐着

我在你的对面

1988.6.14

诗歌，还是读后感？（组诗）

海明威肖像

1

月儿，水手的刀
在你的脸上
刻下了海的皱纹

2

有一次
在非洲猎狮
你喝醉了酒
说要变只刺猬
把银松针扎得满脸都是

3

你的头发

曾是覆盖着密西西比河的黑土

　　种着棉花和黑麦

如今

盖上了乞力马扎罗山的雪

4

有多少个裸体的女人

　　在你瞳仁的浴池中

游过泳

　像美人鱼儿

浪儿溅起又消失

你把他们统统忘记

5

你的鼻子

是非洲的犀牛角

还是在西班牙斗牛场上

装上的野牛角

6

正如船体或桥桩的身上

会附上许多螺蛳和河里的贝类

你的身上

嵌着二百三十七枚

如今

它们一半爬上博物馆的橱窗

一半爬上你的墓壁

7

你的脸

半个喜剧

半个悲剧

对着观众

你现编的剧目

却常常取得惊险的成功

8

海明威

你这老海豹

你的肖像

不过仅像

海明威罢了

1985.10.8

风景

——读写意画《公园的早晨》

那一片绿

是白日的树木

那几点黑

是黑夜羽毛的残片

他们还没有醒来

游人的路还没有醒来

鹿苑的梅花鹿没醒来

非洲象没醒来

那只意大利雄火鸡

一个先知

把黎明郑重报告了三遍

这时

公园的门口

一个穿红裙的小女孩

正走过红色的栅栏

进入无人的风景

1985.10.14

诗人散步
　　——读日本深村索一的画

电线杆子是倾斜的

树林是歪的

太阳是缺了一角的

山又矮又瘦

你,一个小个子

背剪着手

 散步

你的影子

 是向上生长的

可你说

不

 我是白云的影子

1986.3.30

象征主义

波德莱尔,你在

阿伯丁酒店

向妓女们诉说巴黎的罪恶
女人们有着猫的温柔
玫瑰就像那初恋的情意

巴黎的忧郁
在五月
悄悄地凋谢

巴黎的马车
碾着时间的灰尘
驰过1840年的街道

所有昂着头的贵族
他们的头
  低垂下去

波德莱尔
  升上了巴黎的星空

1986.11.12

看《伦敦上空的鹰》

英国人和德国人打仗的故事
比上尉的情人还风流十倍

打仗的故事
过去看了很多很多
我像个久经沙场的老兵
眯起眼睛看硝烟里
　　冲过来的士兵
　　一片片倒下
像摔倒的酒瓶
鲜红的葡萄酒洒了一地
这就是战争啊

走出剧场
还满耳是轰炸声
树梢间有飞机轰鸣
上尉先生说

快卧倒，希特勒

开始轰炸伦敦了

我们一群群无声走过

想起敦刻尔克大撤退那光景

天上没有飞机

星星很柔和

　　很平静

1986.12.18 夜

读蒙克的画

哈哈一声大笑

巴黎的少妇都老了

在繁花绿树的背后

圣母慈祥而平凡的脸

温情脉脉

夹着啤酒瓶
蒙克匆匆走来
自画像挂在脖子上

骏马在高原上狂奔
斯德哥尔摩的街道
在疾驰的马车轮下
雪花飞溅
在床和玻璃门之间
他站了起来
对着蓝色的天空一声呐喊

欧洲，古老城堡上的尘埃
纷纷扬扬

1987.4.3

囚犯
——想起一部电视剧

他们重重地咳嗽着

坐在黑暗里

眼睛像火焰一样闪烁

在一千米的深处

地震正在发生

军警像梦游的影子

在高墙上逡巡

黄色的月亮

像一只胖胖的蜘蛛

趴在铁丝网上

远方

草原上的风吹来

一个女人在歌唱

一个背着猎枪的牧人

骑着骏马在奔驰

大地上开满了鲜花

囚犯们

像狗一样睁大眼睛

　　在黑暗里谛听

1987.8.9

克里斯蒂娜的世界
　　——读美国画家魏斯的一幅画

磨坊是红色的

磨坊上空有鸽子

　　鸽子是灰色的

栅栏连着栅栏

草原连着草原

天空连着天空

女人打开了栅栏

走向天空下的草原

女人拎着一只牛奶桶

红色的裙子

乳房很大

身后跟着

  一只大眼睛的母狗

  一个衣服很脏的孩子

奶牛在栏栅里反刍

火鸡在土墙上逡巡

温柔的克里斯蒂娜

这是你的世界吗

这是你的世界吗

狩猎的枪声响在山外

是那个剽悍的猎手

1988.3.6

诗神博尔赫斯

博尔赫斯你让我喜欢

你热爱的那只恒河边的老虎

  你找到了吗

在阿根廷，太平洋的风从德雷克海峡
　　吹向太平洋
在火地岛你站成南极的企鹅
彼此遥遥相对
这是清醒的东方早晨
太阳像出浴的女儿抚摸着
古老的象形文字
带着你的女友
你一定得去看看节日里的恒河
漂泊着朝圣者的手臂
去看看那些东方的诗人
戴着美丽的荆冠
围在皇帝的宝座旁
吟诗，喝百年的皇家御酿
当然还有那个马岛
够你写上半辈子
大西洋海底的珊瑚正爬上战舰的残骸
　　以及英国人望乡的眼睛
博尔赫斯

到中国来吧

我藏起了那面你害怕的镜子

梦扇着小小的绿色翅膀

夜莺为爱情燃烧成枝头

一朵红红的玫瑰

你的诗雨洒在中国街道

饥渴的舌苔上

博尔赫斯

你住进镜框里

抽着粗重的雪茄

咳嗽着

为何默默无语

默默无语

1988.3.10

后　记

写诗很多年。可惜，没有什么成就。

从少年时代开始，四十多年过去了。当年的懵懂少年，如今已是两鬓斑白。

我曾想，在五十岁之前出版一本诗集，里面有100～120首让自己满意的诗。这也就足慰平生，可以不再写诗。可惜，我没有做到。这本诗集，我自认为看得过去的"好诗"，实在没有几首。即使放宽评判标准，似乎也没有更多。这有些可怜，也有些奢侈。其实，一个诗人哪怕只写一首好诗，一句好诗，并能流传下来，已是实足的幸运。古往今来，历史的长河湮没了多少诗歌、多少诗人。他们也都曾怀有诗歌的理想或野心，却无法与时间和命运抗衡。

这本诗集共分四个部分，大致以十年为一个时期——过伶仃洋（2010—2022）；飞行之箭及其他（2000—

2009）；由东向西，由南向北（1990—1999）；潜流（1982—1989）。我把它们按倒序的方式编排，带有回顾性质。其实，更早的"诗"早于1982年，大概在1975年左近；2022年之后，也有一些诗，但没有选入。

这四十多年，中国社会发生着深刻的变化。作为个体的人生以及写作，与这个时代息息相关，共同生长，彼此成就。如有某些抵牾，似也在所难免。

诗歌亦然。1980年代是诗歌的"黄金年代"（借用这个词），1990年代的诗歌相对沉寂，新世纪以来的诗歌各种热闹和喧嚣。在互联网时代，中国诗歌众声喧哗，泥沙俱下，但也沉淀了一批好的诗歌和好的诗人。在这四十多年中，中国诗歌取得了长足的进步，并成为"五四"以来中国新文学发展最好的门类。

我坚定地认为，诗歌是神圣的，诗人具有使命感。正如柏拉图所说，诗人是"代神立言"。诗歌不只是诗人的生命史和心灵史，也是时代的见证和记录。它与生命、时代融为一体，又超拔于生命、时代之上。它自以为是，自命不凡，自由自在，自成一体，自立为王。

一个写诗的人，在这个世界上如何自处或自洽？在入世和出世、理想和现实、物质与心灵之间，如何克服那些世俗的偏见或定见，又如何调适内在世界、外在世界的诸多冲突和矛盾？他应该选择怎样一种姿势和方式：和解，退让，还是进取？不过，最为重要的还是态度，这就是：爱。

"不俗即仙骨，多情乃佛心。"一个写诗的人，不仅要执着于精神和心灵，还要热爱尘世和众生。尽管在这个尘世上，有一些看得见和看不见的丑陋或不堪，也有一些有意和无意的算计或伤害。一个写诗的人要心存善念，勉力而为（有时甚至是"知不可而为"），通过自己的行动和文字，让这个世界变得更好一些，让人们的思想和心灵变得更好一些。因此，我曾考虑将这本诗集定名为《情书》。

我的诗歌写作，率性，随意，没有定规和拘执。有就写，没有就不写。作为一个文学研究者，我也有一些关于诗歌的观点和想法，但不想多说了。我更倾向于用诗歌代言，以文本诠释自己的追求和理念。不过，在不同时期，或在同一时期，我的诗歌理念和实践，均有较大不同。比如，在1980年代，即有"意象和抒情的时代""质朴和感伤的诗"两种不同质地的诗歌；在1990年代，我还有一组《中文系的诗》，比较偏重思想性和文学性，未选入。这是我当时写作的某个趋向，但并未持续。

我感谢我的家人和亲人们，他们给予我爱和宽容。我感谢我的朋友们，他们给予我友谊和鞭策。我感谢凤凰出版传媒集团的相关领导和编辑们，为诗集的出版提供了诸多帮助，付出了艰辛的劳动。我感谢三江学院以及我的师长、同人们（我在二十多年前，投身于此）给予我的各种关爱和支持——在工作之余，还能够写作，这是一份幸福。当然，我更要感谢您的阅读，我亲爱的读者！这是缘分，也是我的幸运。

诗歌万岁！而爱，也必将永存人间——只要这个星球或宇宙空间里，还有具备智性和情感的生命体存在。

2024.6.24 北书房